캔디다
CANDIDA

캔디다
CANDIDA

조지 버나드 쇼 지음
조용재 옮김

도서출판 | 동인

역자의 글

　　노벨문학상(1925) 수상자이자 영국, 나아가 세계에서 20세기 전반 반세기에 걸쳐 연극계의 거물급 극작가였던 조지 버나드 쇼(George Bernard Shaw 1856-1950)는 약 63편에 달하는 방대한 작품을 썼지만, 이 중 다수의 작품들이 번역이 되지 않아 국내의 많은 독자들이 그의 걸작들을 접하기가 힘든 현실이다.

　　따라서 쇼의 작품에 관심이 있는 독자들을 위해서, 그의 작품을 번역하여 소개하는 일은 영문학도의 책무이자 보람이 아닐까 한다. 이 작품이 독자들에게 인생의 길동무가 되고, 나아가 무대에 올려져 관객들에게 잔잔한 감동과 삶의 지혜를 줄 수 있기를 염원한다.

　　이 책의 문학적 표현을 위해서 애써주신 주변의 여러분들과 기꺼이 출판을 맡아주신 도서출판 동인의 이성모 사장님께 깊은 감사를 드린다.

2018년 5월
신용시실에서

차 례

작가소개

　　조지 버나드 쇼는 1856년 아일랜드의 더블린에서 영락한 가정의 3남매 중 막둥이이자 외아들로 태어났으며, 1925년에는 노벨문학상을 수상한 세계적인 극작가이다. 그의 생애는 거의 1세기에 달한다. 19세기 후반에서 20세기 초반에 이르는 반세기 동안 영국 드라마에서 가장 위대한 존재였다. 1892년 빈민굴에서 살찌는 중산계급의 실태를 폭로한 『홀아비의 집』으로 영국 근대극을 확립한 그는 이로부터 반세기 이상의 세월을 연극에 종사하면서 영국 연극 사상 가장 오랜 기간 동안 가장 많은 작품을 내놓음으로써 현대의 가장 중요한 극작가로서의 자리를 굳히는 데 성공하였다. 그는 미완성 작품을 포함한 장막극과 단막극을 합쳐 무려 63편의 방대한 희곡을 썼으며 그 재담이 지닌 신선미와 활기는 오늘날 아무도 따르지 못하고 있다. 그는 작품 외에도 비평가로서 「입센주의의 진수」를 내어 영국에서의 입센의 이해와 영향에 커다란 공헌을 하였으며 또한 그가 1895년에서 1898년까지 「토요 평론」의 드라마 비평가로서 매주 투고한 기사를 모아 1931년에 낸 「90년대의 우리의 극장」은 당시의 연극에 대한 가장 훌륭한 비평으로 꼽히고 있다.

쇼의 작품의 기조는 바로 지성과 반란이라 하겠다. 그는 감상적이거나 낭만적인 것은 그릇된 것으로 배격하고, 이성의 명령에 반대되는 것은 용납하지 않았으며, 지각없는 대중의 우상을 파괴하였다. 그의 사회주의는 사회의 낙오자에 동정이나 하는 감상적인 것이 아니라, 인간이 삶을 영위하면서 저지르는 수많은 어리석은 행위들을, 사회적 상황을 뒤바꿔 놓음으로써 치유해 보자는 노력이었다. 그는 사회의 뒷면을 그리면서 언제나 그 속에 내포된 우화나 교훈을 드러내 보여주었다. 그는 문학, 예술, 의학, 종교, 정치, 인종차별, 사회적 기준 등 모든 것을 그의 신랄한 붓으로 비판하였다. 그는 현대의 가장 위대한 악의 파괴자이며, 그러한 파괴를 통하여 우리를 보다 새롭고 건설적인 사상으로 인도하려 하였다.

쇼는 정확한 풍자를 무기로 재치와 재간과 역설을 좋아하던 당시 관중을 매혹시켰다. 그는 타협과 관용을 몰랐으며 그의 붓은 가차 없었고 치명적인 상처를 입혔다. 그도 대부분의 풍자 작가들처럼 처음에는 다소간의 정상적인 현실 세계에서 차츰 환상의 세계로 이동하였다. 그의 풍자적인 맥은 『바람둥이』(1892)에서 시작하여, 영웅의 정체를 그린 『전쟁과 영웅』(1894), 『운명의 사람』(1895), 『악마의 제자』(1897), 『시저와 클레오파트라』(1898); 매춘문제를 다룬 『워렌부인의 직업』(1893년 작, 1902 초연); 결혼문제를 다룬 『캔디다』(1894); 반전(反戰) 사상, 자본주의 경제구조와 종교 문제를 다룬 『바바라 소령』(1905); 정치문제를 다룬 『존 불의 다른 섬』(1904), 『실연의 집』(1913-1916년 작, 1920 초연), 『사과 마차』(1929); 정치와 종교 문제를 다룬 『앤드로니클레스와 사자(獅子)』(1913), 『성녀(聖女) 조안』(1923) 등이 있으며, 『성녀 조안』은 사극과 무대극으로서 최고의 작품이다. 그는 세속의 상식을 깨뜨리고 속설(俗說)을 찔러 문제를 제기하였다. 그의 철학이 가장 잘 나타난 『인간과 초인』(1903)에서 인간은 '생명력'(Life Force)을 통해 '창조적 진화'(Creative

Evolution)를 해야 한다고 주장하였다. 이러한 사상은 『므두셀라로 돌아가라』 (1921)에서도 나타나고 있다. 그의 작품은 사람들로 하여금 깊은 생각에 잠기게 하며, 날카로운 희극적 감각이 넘치는 기지(機智)가 번뜩이고 있다.

쇼의 작품에 나타난 중요한 주제는 사회주의 사상과 창조적 진화 사상으로 대분(大分)할 수 있다. 그는 '새로운 드라마'(New Drama)를 주창하였다. 그는 극장이 법이나 교회만큼 중요한 기구이고, 거짓된 이상주의와 낭만적 인습을 폭로하여 '생명력'을 통한 사회와 인간의 개량을 선도하는 촉매제 역할을 해야 한다고 믿었다. 그의 두드러진 특징은 작가로서의 투철한 통찰력이라 하겠다. 그는 결코 중도에서 그만둠과 두려움 없이 끝까지 파헤치기를 좋아했다. 그의 작품의 바탕을 이루는 중요한 요소는 바로 이 뿌리까지 파고들어 그 원인을 찾아내는 과감한 투시력이라 하겠다. 시들은 잎이나 따주고 소독약이나 뿌려주는 것으로 끝나는 것이 아니라 그는 옮겨 심거나 흙을 바꿔 주기를 원하는 것이다. 그는 신랄한 발언으로 짜인 새로운 극적 대사를 만들어 냈을 뿐 아니라 성격묘사에도 새로운 원칙을 제공하였다. 그는 이성의 지시에 따라 성격을 묘사하는 방법을 보여주었다. 마음이 약하고 수줍은 여주인공 대신에 지적이고 대담한 여인을, 강력한 주인공 대신에 힘이 없고 의지도 약한 자를, 환상적이고 모범적인 성직자 대신에 군복과 장화가 더 어울리는 목사를, 있을 법하지도 않은 악당 대신에 스스로 사교계의 앞잡이를 그려냈다. 또한 그는 환상과 현실을 융합시키는 것을 비롯한 새로운 연극적 방법들을 실험하고 제시하였다. 특히 그는 그의 작품 속에서 연극적 본질을 손상하지 않고 무대지시나 서문을 통해 문학성을 살려냈다. 그는 이른바 문학적 드라마를 재건하였다. 그의 많은 작품은 영국은 물론이고 세계 극장의 항구적인 보고(寶庫)가 되고 있다.

작품해설

쇼의 『캔디다』에서 가장 중요하고 핵심적인 주제는 부부 사이에 있어서 진정한 사랑과 행복에 대한 문제의 제기라고 할 수 있다.

남편인 제임스 메이버 모렐 목사는 영국 교회의 기독교 사회주의 성직자이다. 활발하고 온화하며 인기 있는 40세의 남성으로 왕성하고 잘생겼으며 에너지가 넘치고 유쾌하며 다정하고 사려 깊은 예절을 지니고 있다. 그는 일류 성직자이고 좋아하는 사람에게 좋아하는 것을 말할 수 있으며, 사람들에게 맞서지 않고 강연할 수 있다. 사람들에게 굴욕감을 주지 않고도 권위를 세울 수 있으며 때로는, 무례함이 없이 그들의 일에 개입할 수도 있다. 그의 열정과 교감의 원천은 결코 마른 적이 없다.

부인인 캔디다는 젊음과 마리아 같은 모성애의 이중적 매력을 지니고 있는 33세의 여성이다. 그녀는 애정으로 사람들을 사로잡을 수 있으며 솔직하고 본능적으로 행동한다. 이기적인 목적을 위해서 그녀의 성적 매력을 최대로 활용할 정도로 영리하지만 그녀의 평온한 눈썹과 용기 있는 눈매, 균형 잡힌 입술과 턱은 그녀의 넓은 마음과 위엄 있는 성품을 보여준다.

12

유진은 수줍은 18세의 소년 시인으로, 섬세하고 어린애 같은 음성을 지녔고 결단력이 매우 부족한 인물이다. 태도의 강렬함은 지나친 신경과민 증세에서 나오며, 연민을 느끼게 하는 이마와 달리 코와 입과 눈매는 심통 사나운 고집스러움을 격렬하게 보여준다. 그는 거의 지상의 존재가 아니라고 느낄 만큼 비범하며, 산문적인 사람에게는 이러한 비세속적임이 유해한 것으로 보이지만 시적인 사람에게는 천사 같은 느낌을 주는 인물이다.

　그런 유진이 어느 날 모렐과 캔디다 부부 사이에 등장한다. 모렐이 캔디다의 마음을 얻지 못했기 때문에 그녀와 같은 세상에서 살 자격이 없다고 저돌적으로 모렐을 공격한다. 유진은 그녀를 신적인 통찰력을 지닌 우상으로 내세우면서 지금 자신이 그녀를 너무나도 사랑하고 있고 오로지 그녀의 행복만을 바랄 뿐이며 그녀를 이해하지만 모렐은 그녀를 이해하지 못한다고 말한다. 그러면서 그녀를 위해 자신과 모렐 둘 중에 한 사람을 선택할 기회를 주어야 한다고 그녀에게 주장한다.

　모렐은 결국 유진의 말이 사실일지도 모른다는 두려움에 유진과 그렇게 하기로 합의하기에 이르고, 드디어 그녀에게 분명한 선택을 부탁한다. 그러자 캔디다는 두 사람이 각각 그녀에게 무엇을 걸 수 있는지를 물어본다. 모렐은 "오직 당신을 보호할 나의 힘, 당신에게 확신을 주는 나의 정직성, 생계를 책임질 나의 능력과 근면함, 그리고 당신의 품위를 지켜줄 나의 권위와 지위, 이것들밖엔 아무것도 없소. 그게 남자가 여자에게 줄 수 있는 전부요."라고 말한다. 그리고 유진은 "제 연약함과 제 적막함과 제 마음의 욕구를 드리겠어요."라고 대답한다. 결국 캔디다는 그녀를 "아내이고 어머니이며 누나이자 모든 애정 어린 보살핌의 총체"라고 생각하는 남편 모렐을 선택한다. 두 사람 중에서 더 약한 사람이라 판단하고 모렐을 선택한 것이다. 유진은 모렐에게 "제가 사랑했던 분의 가슴을 벅차게 하셨으니까요."라고 말한 후 모렐과 캔디다의 행복을 빌며 작별인사를 한다.

『캔디다』는, 안타깝게도 이혼율이 세계 상위권인 우리나라의 현실에서 모든 부부들에게, "배우자를 충분히 이해하고 있는가?" "배우지의 진심을 얻고 있는가?" "가슴이 벅차게 배우자를 사랑하고 있는가?" "배우자를 진정으로 행복하게 해주고 있는가?"에 대해 속 깊은 화두를 던지는 작품이라 할 수 있을 것이다.

등장인물

제임스 메이버 모렐 40세, 영국 교회의 기독사회주의 목사

캔디다 33세, 그의 아내

유진 마치뱅크스 18세, 소년 시인

버게스 60세, 천박하나 성공한 사업가, 캔디다의 아버지

가넷 프로서핀 30세가량, 모렐의 여비서

알렉산더 밀 옥스퍼드 출신의 젊은 목사보(牧師補), 렉시라고 불림

ACT I

A fine morning in October 1894 in the north east quarter of London,
a vast district miles away[1] from the London of Mayfair[2] and St James's[3],
and much less[4] narrow, squalid[5], fetid[6] and airless[7] in its slums. It is strong
in unfashionable[8] middle class life: wide-streeted; myriad-populated; well
served with ugly iron urinals[9], radical clubs, and tram lines carrying a
perpetual stream of yellow cars[10]; enjoying in its main thoroughfares the
luxury of[11] grass-grown 'front gardens' untrodden by the foot of man save
as to the path from the gate to the hall doors blighted by[12] a callously[13]

---

1) miles away: 몇 마일이나 떨어져

2) Mayfair: London의 Hyde Park 동쪽의 고급 주택지(옛날 여기서 5월에 정기시가 열렸음), London 사교계

3) St James's: 세인트 제임스 공원(영국 London 소재)

4) much less: 《부사》 하물며[더구나] ―은 아니다. still less.

5) squalid: 미국식 [skwɑːlɪd], 영국식 [skwɒlɪd] / 지저분한, 불결한

6) fetid: 미국·영국식 [fetɪd] / 악취가 진동하는

7) airless: 바람이 안 부는, 공기가 안 통하는, 답답한

8) unfashionable: 인기가 없는, 유행에 어울리지 않는

9) urinal: 미국식 [jʊrənl], 영국식 [jʊəraɪnl; jʊərɪnl] / (남자용) 소변기, (소변기가 있는) 화장실

10) a perpetual stream of yellow cars: 노란색 차의 끊임없는 흐름

11) the luxury of: ―의 기쁨

12) blighted by: ―에 의해 망치다, ―에 의해 엉망이 되다

13) callously: 미국·영국식 [kæləsli] / 냉담하게, 태연히

1막

런던 북동지역의 1894년 10월 화창한 아침, 이곳은 런던의 메이페어 주택지와 세인트 제임스 공원으로부터 몇 마일 떨어진 방대한 지역이지만, 좁고 지저분하고 악취가 진동하고 답답한 빈민가는 더더욱 아니다. 이곳은 유행에 어울리지 않는 중류층의 생활이 농후하다. 넓은 도로가 있고, 무수히 많은 사람들이 살고 있으며, 추한 철제 남자 소변기가 설치되어 있고, 급진적인 클럽들이 있으며, 노란색 차의 흐름을 끊임없이 나르는 전차궤도가 있다. 그들은 한없이 이어지는 매력 없는 벽돌집들, 검은 철책들, 자갈길, 슬레이트 지붕들이 태연하게 지속되는 단조로움으로 인하여

endured monotony of miles and miles of unlovely brick houses, black iron railings, stony pavements, slated roofs, and respectably ill dressed or disreputably worse dressed people, quite accustomed to the place, and mostly plodding uninterestedly about somebody else's work. The little energy and eagerness that crop up[14] shew themselves in cockney[15] cupidity[16] and business 'push'. Even the policemen and the chapels[17] are not infrequent enough to break the monotony. The sun is shining cheerfully: there is no fog; and though the smoke effectually prevents anything, whether faces and hands or bricks and mortar, from looking fresh and clean, it is not hanging heavily enough to trouble a Londoner.

This desert of unattractiveness has its oasis. Near the outer end of the Hackney Road is a park of 217 acres, fenced in, not by railings, but by a wooden paling, and containing plenty of greensward, trees, a lake for bathers[18], flower beds which are triumphs of the admired cockney art of carpet gardening, and a sandpit, originally imported from the seaside for the delight of children, but speedily deserted on its becoming a natural vermin preserve for all the petty fauna of Kingsland, Hackney, and Hoxton. A bandstand, an unfurnished forum for religious, anti-religious, and political orators, cricket pitches, a gymnasium, and an old fashioned stone kiosk are among its attractions. Wherever the prospect is bounded by trees or rising green grounds, it is a pleasant place. Where the ground stretches flat to the grey palings, with bricks and mortar, sky signs, crowded chimneys and smoke beyond, the prospect makes it desolate and sordid.

---

14) crop up: 돌연히 나타나다, 일어나다, 불쑥 나타나다(발생하다)

15) cockney: 미국식 [kɑ:kni], 영국식 [kɒkni] / 런던내기, 런던내기 말씨

16) cupidity: [kju : pídəti] / 탐욕, 물욕, 욕심

17) chapel: [tʃǽpəl] / 예배당, 채플, 장례실

18) bather: 미국·영국식 [beɪðə(r)] / (강·바다 등에서) 멱 감는[수영하는] 사람

18

엄망이 된 대문에서 현관문에 이르는 길은 제외하고, 주요 도로들 중에서 사람의 발길이 닿지 않는 잔디 덮인 '앞뜰'의 기쁨과, 그리고 그곳에 아주 익숙해져 있으면서 다른 누군가의 일에는 대체로 꾸준히 무관심한, 점잖게 차려입지 않은 또는 보다 더 꼴사납게 차려입은 사람들을 즐긴다. 약간의 에너지와 열의가 런던내기의 탐욕과 사업 '추진' 속에 돌연히 나타난다. 심지어 경찰과 교회들이 빈번하게 그 단조로움을 깨기에 충분하다. 태양이 화창하게 빛나고 있다. 안개가 없다. 그리고 연기가 실제로 얼굴과 손 또는 벽돌과 회반죽과 같은 어떤 것을 생생하고 깨끗하게 보는 것을 방해할지라도, 런던사람을 힘들게 할 정도로 심하게 자욱하지는 않다.

이 매력 없는 사막은 오아시스를 가지고 있다. 해크니 로드의 외곽 끝 가까이에 217 에이커의 공원이 있는데, 그것은 철책 울타리가 아닌 목재 말뚝 울타리가 쳐져있고, 많은 잔디밭과 나무, 수영하는 사람들을 위한 호수, 카펫 원예로 칭찬 받는 런던내기 예술의 승리인 화단들, 본래는 아이들에게 즐거움을 주기 위해 해안에서 가져왔지만 킹스랜드, 해크니, 혹스톤의 모든 하찮은 동물상을 위한 자연해충보존소로 전락하기 때문에 사람들이 빠르게 떠나는 모래밭을 포함하고 있다. 연주대, 종교적·반종교적 그리고 정치적 연설가들을 위해 갖추어지지 않은 포럼, 크리켓 구장들, 체육관, 그리고 오래된 공중전화 박스가 그 공원의 명물과 명소들이다. 경치가 나무와 녹색 둔덕으로 제한된다면, 그 공원은 유쾌한 곳이다. 그 둔덕이 벽돌, 회반죽과 함께 회색으로 된 끝이 뾰족한 말뚝, 옥상 광고들, 저 너머 빡빡한 굴뚝들과 연기 쪽으로 평평하게 뻗은 곳에서 그 둔덕의 경치는 황량하고 추악해진다.

The best view of Victoria Park is commanded by the front window of St Dominic's Parsonage, from which not a brick is visible. The parsonage is semi-detached, with a front garden and a porch. Visitors go up the flight of steps to the porch: tradespeople and members of the family go down by a door under the steps to the basement, with a breakfast room, used for all meals, in front, and the kitchen at the back. Upstairs, on the level of the hall door, is the drawingroom, with its large plate glass window looking out on the park. In this, the only sitting room that can be spared from the children and the family meals, the parson, the Reverend James Mavor Morell, does his work. He is sitting in a strong round backed revolving chair at the and of a long table, which stands across the window, so that he can cheer himself with a view of the park over his left shoulder. At the opposite end of the table, adjoining it, is a little table only half as wide as the other, with a typewriter on it. His typist is sitting at this machine, with her back to the window. The large table is littered with pamphlets, journals, letters, nests of drawers, an office diary, postage scales and the like. A spare chair for visitors having business with the parson is in the middle, turned to his end. Within reach of his hand is a stationery case, and a photograph in a frame. The wall behind him is fitted with bookshelves, on which an adept eye can measure the parson's casuistry and divinity by Maurice's Theological Essays and a complete set of Browning's poems, and the reformer's politics by a yellow backed Progress and Poverty, Fabian Essays, A Dream of Jone Ball, Marx's Capital, and half a dozen other literary landmarks in Socialism. Facing him on the other side of the room, near the typewriter, is the door. Further down opposite the fireplace, a bookcase stands on a cellaret, with a sofa near it. There is a generous fire burning; and the hearth, with a comfortable armchair and a black japanned flower-painted coal scuttle at one side, a miniature chair for children on the other, a varnished wooden mantelpiece, with neatly moulded shelves, tiny bits of mirror let into the panels, a travelling clock in a leather case (the inevitable wedding present),

빅토리아 파크의 가장 좋은 경관은 성 도미니크 목사관의 앞창인데, 그 앞창에서는 어떠한 벽돌도 보이지 않는다. 그 목사관은 앞 정원, 현관과 함께 한쪽 벽면이 옆집과 붙어 있다. 방문객들은 계단을 올라가 현관에 이른다. 장인(匠人)들과 가족 구성원은 지하실 계단 문으로 들어가는데, 그 지하실의 앞쪽에는 모든 식사를 위해 사용되는 거실이 있고, 뒤로는 부엌이 있다. 홀 도어 높이의 2층에는 공원을 바라볼 수 있는 커다란 판유리 창이 있는 거실이 있다. 아이들과 가족의 식사에서 자유로울 수 있는 이곳, 그 유일한 거실에서 제임스 메이버 모렐 목사가 그의 일을 한다. 그는 긴 테이블 끝에 있는 강하고 둥근 등받이 회전의자에 앉아 있는데, 그가 왼쪽 어깨 너머로 공원의 경관을 즐길 수 있도록 하기 위해, 그 테이블은 창 쪽으로 놓여있다. 테이블의 반대쪽 끝에는 인접하여, 타자기가 놓인 그 테이블의 반쯤 넓이의 작은 테이블이 있다. 그의 타자수가 등을 창 쪽으로 하고 타자기 앞에 앉아있다. 그 큰 테이블에는 팸플릿들, 저널들, 편지들, 서랍장들, 사무용 수첩, 우편물 저울 등이 널려있다. 목사와 볼 일이 있는 방문객들을 위한 여분의 의자가 그의 쪽을 향해서 가운데에 놓여있다. 그의 손이 닿는 곳에 문구류 상자와 액자로 된 사진이 있다. 그의 뒤 벽에는 책꽂이가 설치되어 있고 능숙한 눈의 소유자는 그 책꽂이에 꽂힌 모리스의 『신학』, 브라우닝의 시 전집, 진보와 빈곤, 페이비언 에세이, 존 볼의 꿈, 마르크스의 자본론과 같은 개혁가의 선정적 정치관련 서적들, 그리고 사회주의에 관련된 다른 문학적이고 획기적인 서적 6권으로 목사의 결의법과 신성을 측정할 수 있다. 방의 다른 쪽에서 그를 바라보면 타자수 가까이에 문이 있다. 벽난로 반대쪽 훨씬 아래로 책장이 가까이에 있는 소파와 함께 셀라레트 위에 놓여있다. 여유롭게 불이 타고 있다. 그리고 안락한 안락의자, 한 쪽에 위치한 옻칠한 꽃무늬가 있는 검은색 석탄통, 다른 쪽의 어린이용 소형 의자, 깔끔하게 만들어진 책꽂이들과 금속판 속에 끼워 넣은 작은 거울이 있는, 니스를 칠한 목재 벽난로 선반, 가죽 케이스 속의 여행용 시계(피할 수 없는 예물),

and on the wall above a large autotype of the chief figure in Titian's Assumption of the Virgin, is very inviting. Altogether the room is the room of a good housekeeper, vanquished, as far as the table is concerned, by an untidy man, but elsewhere mistress of the situation[19]. The furniture, in its ornamental aspect, betrays the style of the advertized 'drawingroom suite' of the pushing suburban furniture dealer; but there is nothing useless or pretentious in the room, money being too scarce in the house of an east end[20] parson to be wasted on snobbish trimmings.

The Reverend James Mavor Morell is a Christian Socialist clergyman of the Church of England, and an active member of the Guild of St Matthew and the Christian Social Union. A vigorous, genial, popular man of forty, robust and goodlooking, full of energy, with pleasant, hearty, considerate manners, and a sound unaffected voice, which he uses with the clean athletic articulation of a practised orator, and with a wide range and perfect command of expression[21]. He is a first rate clergyman, able to say what he likes to whom he likes, to lecture people without setting himself up against them, to impose his authority on them without humiliating them, and, on occasion, to interfere in their business without impertinence. His well-spring of enthusiasm and sympathetic emotion has never run dry for a moment: he still eats and sleeps heartily enough to win the daily battle between exhaustion and recuperation triumphantly. Withal, a greatbaby, pardonably vain of[22] his powers and unconsciously pleased with himself. He has a healthy complexion: good forehead, with the brows somewhat blunt, and the eyes bright and eager, mouth resolute but not particularly well cut,

---

19) be mistress of the situation: 국면(상황)을 잘 다스리다
20) East End: 전통적으로 노동자 계층이 사는 런던 동부지역
21) command of expression: 어법구사
22) be vain of: ―을(를) 자랑하다

벽 위쪽에 있는 티치아노의 성모 승천에 등장하는 중심인물의 오토 타이프(단색 사진)와 함께, 난로는 매우 매력적이다. 전체적으로 보아 그 방은 알뜰한 살림꾼의 방인데, 테이블에 관한 한 단정치 못한 사람 때문에 완파되었지만 다른 곳은 깔끔하다. 가구는, 장식적인 측면에서 평범한 가구상이 추천하는 알려진 '거실 세트' 스타일을 보여준다. 그러나 방에는 쓸모없거나 가식적인 것은 전혀 없는데, 런던 동부지역에 살고 있는 목사의 집에서는 돈이 너무 부족해서 속물적인 장식에 소비될 수 없기 때문이다.

제임스 메이버 모렐 목사는 영국 교회의 기독교 사회주의 성직자이고, 길드 세인트 매튜와 기독교 사회 연합의 활동적인 회원이다. 활발하고 온화하며 인기 있는 40세의 사람으로, 왕성하고 잘생겼으며 에너지가 넘치고 유쾌하고 다정하며 사려 깊은 예절을 지니고 있다. 그는 노련한 웅변가의 깨끗하고 탄탄한 표현과 넓은 범위와 완벽한 어법구사에 사용하는 온전하고 꾸밈없는 목소리를 지니고 있다. 그는 일류 성직자이고, 그가 좋아하는 사람에게 그가 좋아하는 것을 말할 수 있으며, 사람들에게 맞서지 않고 강연할 수 있고, 그들에게 굴욕감을 주지 않고 권위를 세울 수 있으며, 그리고 때로는 그들의 일에 무례함이 없이 개입할 수도 있다. 그의 열정과 호감의 원천은 결코 잠시도 마른 적이 없다. 그는 여전히 피로와 회복 사이의 일상적 전투를 승리로 이끌 만큼 충분히 실컷 먹고 잔다. 게다가 그는 무리하지 않게 그의 힘을 자랑하고 무의식적으로 스스로 즐기는 큰 아이다. 그는 건강한 안색을 하고 있다. 약간은 무딘 눈썹을 한 잘생긴 이마, 밝고 간절한 눈, 단호하지만 특별히 잘 만들어지지 않은 입,

and a substantial nose, with the mobile spreading nostrils of the dramatic orator, void, like all his features, of[23] *subtlety.*

The typist, Miss Proserpine Garnett, is a brisk little woman of about 30, of the lower middle class, neatly but cheaply dressed in a black merino skirt and a blouse, notably pert and quick of speech, and not very civil in her manner, but sensitive and affectionate. She is clattering away busily at her machine whilst Morell opens the last of his morning's letters. He realizes its contents with a comic groan of despair.

PROSERPINE	Another lecture?
MORELL	Yes. The Hoxton Freedom Group want me to address them on Sunday morning. [*He lays great emphasis on Sunday, this being the unreasonable part of the business*]. What are they?
PROSERPINE	Communist Anarchists, I think.
MORELL	Just like Anarchists not to know that they can't have a parson on Sunday! Tell them to come to church if they want to hear me: it will do them good. Say I can come on Mondays and Thursdays only. Have you the diary there?
PROSERPINE	[*taking up the diary*] Yes.
MORELL	Have I any lecture on for next Monday?
PROSERPINE	[*referring to the diary*] Tower Hamlets Radical Club.
MORELL	Well, Thursday then?

---

23) be void of: ―이 없다, 결여되다

모든 그의 특징처럼 섬세함이 결여된, 조절을 자유자재하는 극적인 웅변가의 콧구멍을 한, 크고 튼튼한 코를 지니고 있다.

타자수인 프로서핀 가넷 양은 중하류층의 약 30세의 활달한 작은 여자인데, 단정하지만 값싼 검정 메리노 치마와 블라우스를 입고 있고, 눈에 띄게 당돌하고 빠르게 말을 하며, 태도가 매우 정중하지 않지만 민감하고 다정하다. 그녀는 모렐이 그의 마지막 아침의 편지를 여는 동안 타자기를 바쁘게 달가거린다. 그는 그 편지의 내용을 알아차리고 절망적으로 코믹하게 신음한다.

프로서핀   또 강연인가요?

모렐   그래. 혹스톤 프리덤 그룹에서 내가 일요일 아침에 강연을 해주길 원해. (그는 일요일을 크게 강조하는데, 이는 그 일에 대한 부당한 부분 때문이다.) 뭐하는 사람들이지?

프로서핀   공산주의 무정부주의자들 같은데요.

모렐   무정부주의자들은 그들이 일요일에는 목사를 모실 수 없다는 사실을 모르기라도 하는 것처럼 말이야! 만약 그들이 내 연설을 듣기 원한다면 교회로 오라고 말하라고. 그것이 그들에게 좋을 테니까. 내가 월요일과 목요일에만 갈 수 있다고 말해. 거기 수첩 있지?

프로서핀   (수첩을 집어 올리며) 예.

모렐   다음 월요일에는 어떤 강연이 있지?

프로서핀   (수첩을 보면서) 타워 햄릿스 급진주의 클럽이요.

모렐   그래. 그러면 목요일에는?

PROSERPINE	English Land Restoration League.
MORELL	What next?
PROSERPINE	Guild of St Matthew on Monday. Independent Labor Party, Greenwich Branch, on Thursday. Monday, Social-Democratic Federation, Mile End Branch. Thursday, first Confirmation class. [*Impatiently*] Oh, I'd better tell them you can't come. They're only half a dozen ignorant and conceited costermongers without five shillings between them.
MORELL	[*amused*] Ah; but you see they're near relatives of mine.
PROSERPINE	[*staring at him*] Relatives of yours!
MORELL	Yes: we have the same father − in Heaven.
PROSERPINE	[*relieved*] Oh, is that all?
MORELL	[*with a sadness which is a luxury to a man whose voice expresses it so finely*] Ah, you don't believe it. Everybody says it: nobody believes it: nobody. [*Briskly, getting back to business*] Well, well! Come, Miss Proserpine: can't you find a date for the costers? What about the 25th? That was vacant the day before yesterday.
PROSERPINE	[*referring to diary*] Engaged. The Fabian Society.
MORELL	Bother the Fabian Society! Is the 28th gone too?
PROSERPINE	City dinner. You're invited to dine with the Founders' Company.

프로서핀 잉글리시 랜드 복원 리그요.

모렐 그 다음은?

프로서핀 월요일에는 길드 세인트 매튜, 목요일에는 독립노동당, 그리니치 지사(支社)가 있어요. 또 월요일에 사회민주연맹, 마일 엔드 지사, 목요일에 첫 번째 견진성사 수업이 있고요. (조급하게) 제가 그들에게 목사님께서 갈 수 없다고 말하는 게 좋겠어요. 그들은 단지 그들 사이에 5실링도 없는 무지하고 교만한 행상들 여섯 명에 불과해요.

모렐 (즐기듯이) 오, 하지만 알다시피, 그들은 나의 가까운 친척들이잖아.

프로서핀 (그를 응시하며) 목사님의 친척들이라고요!

모렐 그래. 천국에서 우리는 같은 아버지를 모시고 있지.

프로서핀 (안심하며) 오, 그게 다인가요?

모렐 (슬픔을 아주 곱게 표현하는 목소리의 주인공에게 슬픔은 사치에 불과하다는 안타까움으로) 오, 너는 그걸 믿지 않는구나. 모두가 그걸 말하지만 어느 누구도 그걸 믿지 않지. 어느 누구도. (재빨리, 업무로 돌아가서) 좋아, 좋다고! 자, 미스 프로서핀. 행상들을 위한 날짜를 잡을 수 있지? 25일은 어때? 그저께 그날이 비었었는데.

프로서핀 (수첩을 보면서) 잡혀있어요. 페이비언 협회요.

모렐 페이비언 협회 때문에 신경이 쓰이는군! 28일도 잡혀있나?

프로서핀 시티 저녁이요! 목사님은 파운더스 컴퍼니와 함께 식사하도록 초대되었어요.

MORELL   That'll do: I'll go to the Hoxton Group of Freedom instead. [*She enters the engagement in silence, with implacable disparagement of the Hoxton Anarchists in every line of her face. Morell bursts open the cover of a copy of The Church Reformer, which has come by post, and glances through Mr Stewart Head-lam's leader and the Guild of St Matthew news. These proceedings are presently enlivened by the appearance of Morell's curate, the Reverend Alexander Mill, a young gentleman gathered by Morell from the nearest University settlement, whither he had come from Oxford to give the east end of London the benefit of his university training. He is a conceitedly well intentioned, enthusiastic, immature novice, with nothing positively unbearable about him except a habit of speaking with his lips carefully closed a full half inch from each corner for the sake of a finicking articulation and a set of university vowels, this being his chief means so far of bringing his Oxford refinement(as he calls his habits) to bear on Hackney vulgarity. Morell, whom he has won over by a doglike devotion, looks up indulgently from The Church Reformer, and remarks*] Well, Lexy? Late again, as usual?

LEXY   I'm afraid so. I wish I could get up in the morning.

MORELL   [*exulting in his own energy*] Ha! Ha! [*Whimsically*] Watch and pray. Lexy: watch and pray.

LEXY   I know. [*Rising wittily to the occasion*] But how can I watch and pray when I am asleep? Isn't that so, Miss Prossy? [*He makes for the warmth of the fire*].

PROSERPINE   [*sharply*] Miss Garnett, if you please.

모렐 됐어. 난 대신에 혹스톤 프리덤 그룹에 갈 거야. (그녀는 혹스톤 무정부 주의자들에 대한 확고한 경멸을 그녀의 얼굴에 뚜렷이 드러낸 채 말없이 업무를 시작한다. 모렐은 우편으로 배달된『교회개혁가』의 사본을 홱 펴서, 미스터 스튜워트 헤드-램의 지도자와 길드 세인트 매튜 뉴스를 훑어본다. 이러한 일련의 행위들은 모렐의 목사보인 알렉산더 밀의 등장으로 곧 활기를 띠게 되는데, 그는 가장 가까운 대학 세틀먼트(University settlement)에서 모렐이 엄선한 젊은 신사로, 대학 연수의 혜택을 이스트엔드오브런던에 주기 위해 옥스퍼드에서 왔다. 그는, 지나치게 뽐내는 표현과 대학 모음 세트(a set of university vowels)를 위해서 각각의 모퉁이에서 완전한 반 인치를 조심스럽게 닫은 입술을 하고 말하는 습관을 제외하고 그에게는 긍정적으로 참을 수 없는 것이 없는, 우쭐대지만 선의를 가지고 있으며 열정적이고 미숙한 초보자인데, 이것은 해크니 천박함(Hackney vulgarity)과 관련이 있는 그의 옥스퍼드 교양(Oxford refinement: 그가 그의 습관이라고 부르는 것처럼)을 제공해주는 지금까지의 그의 중요한 방편이다. 한결같은 헌신 덕분에 설득력을 얻는 데 성공해온 모렐은『교회개혁가』를 너그럽게 바라보며 말한다.) 아니, 렉시(Alexander Mill의 별칭) 또 늦었잖아, 여느 때처럼?

렉시 그런 것 같군요. 제가 아침에 일어날 수 있으면 좋겠어요.

모렐 (그 자신의 에너지에 크게 기뻐하며) 하! 하! (변덕스럽게) 조심하고 기도하게. 렉시: 조심하고 기도하라고.

렉시 알아요. (그 상황에 재치 있게 능력을 발휘하며) 그러나 제가 자고 있을 때 어떻게 조심하고 기도하죠? 그렇지 않아요, 미스 프로시? (그는 불의 온기를 향해간다.)

프로서핀 (날카롭게) 미스 가넷, 제발.

LEXY	I beg your pardon. Miss Garnett.
PROSERPINE	You've got to do all the work today.
LEXY	[*on the hearth*] Why?
PROSERPINE	Never mind why. It will do you good to earn your supper before you eat it, for once in a way, as I do. Come! Don't dawdle. You should have been off on your rounds half an hour ago.
LEXY	[*perplexed*] Is she in earnest, Morell?
MORELL	[*in the highest spirits; his eyes dancing*] Yes. I am going to dawdle today.
LEXY	You! You don't know how.
MORELL	[*rising*] Ha! Ha! Don't I? I'm going to have this morning all to myself. My wife's coming back; she's due here at 11.45.
LEXY	[*surprised*] Coming back already! With the children? I thought they were to stay to the end of the month.
MORELL	So they are: she's only coming up for two days, to get some flannel things for Jimmy, and to see how we're getting on without her.
LEXY	[*anxiously*] But, my dear Morell, if what Jimmy and Fluffy had was scarlatina, do you think it wise –
MORELL	Scarlatina! Rubbish! It was German measles. I brought it into the house myself from the Pycroft Street school. A parson is like a doctor, my boy: he must face infection as a soldier must face bullets. [*He claps Lexy manfully on the shoulders*]. Catch the measles if you can,

렉시	미안해요. 미스 가넷.
프로서핀	당신이 오늘 모든 일을 해야만 합니다.
렉시	(난로 부근에서) 왜요?
프로서핀	이유는 묻지 말아요. 저녁을 먹기 전에 저녁을 버는 것이 당신에게 이로울 거예요, 이번만은, 내가 하던 것처럼. 자! 꾸물거리지 마세요. 당신은 30분전에 당신의 담당구역으로 떠났어야만 했어요.
렉시	(당황하며) 그녀가 성실해요, 모렐?
모렐	(최상의 기분으로 눈을 두리번거리며) 그래, 난 오늘 빈둥거릴 거야.
렉시	목사님이요! 목사님은 방법을 모르세요.
모렐	(일어서며) 하! 하! 하! 내가 모른다고? 나는 오늘 아침 혼자만의 시간을 가질 거야. 아내가 돌아오고 있어. 11시 45분에 여기로 올 예정이야.
렉시	(놀라며) 이미 돌아오는 중이시라고요! 아이들과 함께? 저는 그들이 이달 말까지 머물 거라 생각했어요.
모렐	그럴 거야. 하지만 아내는 이틀 동안만 있을 거야. 지미를 위해 플란넬로 조금 만든 것들을 마련하고, 우리가 그녀 없이 어떻게 지내고 있는지를 보기 위해서지.
렉시	(걱정스럽게) 그러나, 목사님, 만약 지미와 플러피가 앓았던 것이 성홍열이라면, 옳다고 생각하세요—
모렐	성홍열이라고! 쓸데없는 소리! 그건 풍진이었어. 내 자신이 그것을 피크로프트 스트리트 학교에서 집으로 끌어들였지. 이봐, 목사는 의사와 같아. 군인이 소총탄을 직면하는 것처럼 목사는 감염을 직면해야만 해. (그는 렉시의 어깨를 단호하게 붙잡는다.) 렉시, 할 수 있다면 홍역에 걸려보라고.

Lexy: she'll nurse you; and what a piece of luck that will be for you! Eh?

LEXY   [*smiling uneasily*] It's so hard to understand you about Mrs Morell —

MORELL   [*tenderly*] Ah, my boy, get married; get married to a good woman; and then you'll understand. That's a foretaste of what will be best in the Kingdom of Heaven we are trying to establish on earth. That will cure you of dawdling. An honest man feels that he must pay Heaven for every hour of happiness with a good spell of hard unselfish work to make others happy. We have no more right to consume happiness without producing it than to consume wealth without producing it. Get a wife like my Candida; and you'll always be in arrear with your repayment. [*He pats Lexy affectionately and moves to leave the room*].

LEXY   Oh, wait a bit: I forgot. [*Morell halts and turns with the door knob in his hand*]. Your father-in-law is coming round to see you.

Morell, surprised and not pleased, shuts the door again, with a complete change of manner.

MORELL   Mr Burgess?

LEXY   Yes. I passed him in the park, arguing with somebody. He asked me to let you know that he was coming.

그녀가 자넬 간호해줄 거야. 그게 자네에겐 기가 막힌 행운이지! 에?

렉시 (힘들게 미소 지으며) 사모님과 관련해서 목사님을 이해하기가 매우 어렵군요.

모렐 (부드럽게) 아, 이봐! 결혼하라고. 좋은 여자와 결혼해. 그러면 이해할 거야. 그것이 우리가 지상에 이루려 애쓰는 천국의 가장 좋은 느낌이지. 그것이 자네의 빈둥거림을 고쳐줄 거야. 정직한 사람은 다른 사람을 행복하게 하기 위해서 상당한 기간 동안의 힘들고 헌신적인 일과 함께 모든 시간의 행복을 천국에게 지불해야 한다고 생각하지. 우리가 다른 사람을 행복하게 하는 일을 하지 않고서 부(富)를 소비하는 것 이상으로, 다른 사람을 행복하게 하는 일을 하지 않고서 더 이상 행복을 소비할 어떠한 권리도 갖고 있지 않아. 나의 캔디다와 같은 아내를 얻게. 그러면 항상 자네에게 지속적인 보상이 기다리고 있을 것이네. (그는 다정스럽게 렉시를 두드리고 방을 나간다.)

렉시 오, 잠깐만요. 제가 잊고 있었어요. (모렐은 멈추어 쥐고 있는 문손잡이를 돌린다.) 목사님의 장인어른께서 목사님을 보기 위해 오실 거예요.

모렐은 놀랐지만 기쁘지는 않은 듯, 완전한 태도의 변화를 보이며 문을 다시 닫는다.

모렐 미스터 버게스 말이야?

렉시 예. 저는 공원에서 그분을 지나쳐 누군가와 논쟁을 했죠. 그분은 제게 그분이 오시겠다는 것을 목사님께 알리도록 요청했어요.

MORELL	[*half incredulous*] But he hasn't called here for three years. Are you sure, Lexy? You're not joking, are you?
LEXY	[*earnestly*] No sir, really.
MORELL	[*thoughtfully*] Hm! Time for him to take another look at Candida before she grows out of his knowledge[24]. [*He resigns himself to the inevitable, and goes out*].

Lexy looks after him with beaming worship. Miss Garnett, not being able to shake Lexy, relieves her feelings by worrying the typewriter.

LEXY	What a good man! What a thorough loving soul he is! [*He takes Morell's place at the table, making himself very comfortable as he takes out a cigaret*].
PROSERPINE	[*impatiently, pulling the letter she has been working at off the typewriter and folding it*] Oh, a man ought to be able to be fond of his wife without making a fool of himself about her.
LEXY	[*shocked*] Oh, Miss Prossy!
PROSERPINE	[*snatching at the stationery case for an envelope, in which she encloses the letter as she speaks*] Candida here, and Candida there, and Candida everywhere! [*She licks the envelope*]. It's enough to drive anyone out of their senses [*thumping the envelope to make it stick*] to hear a woman raved about in that absurd manner merely because she's got good hair and a tolerable figure.

---

24) grow out of one's knowledge: 건방지게[주제넘게] 행동하다

모렐   (믿기지가 않는 듯이) 헌데 그분은 3년 동안 이곳에 오시지 않았잖아. 확실해? 렉시? 농담은 아니겠지, 그렇지?

렉시   (진지하게) 그럼요. 정말이에요.

모렐   (생각에 잠겨) 음! 그분은 캔디다가 주제넘게 행동하기 전에 그녀를 다시 살피기 위해서 오시는군. (그는 피할 수 없음에 체념하고 나간다.)

렉시는 희색이 만면한 존경심으로 그를 바라본다. 미스 가넷은 렉시를 흔들 수 없자 타자기를 귀찮게 함으로써 그녀의 기분을 가라앉힌다.

렉시   참 훌륭한 분이야! 목사님은 정말 철저하고 다정한 분이야! (그는 테이블에서 모렐이 앉았던 자리에 앉아 담배를 꺼내면서 그 자신을 매우 편안하게 한다.)

프로서핀   (참을성 없게, 그녀는 그녀가 작업해왔던 편지를 타자기에서 잡아당겨 그것을 접으면서) 오, 남자는 아내와 관련해서 자신을 바보로 만들지 않으면서 아내를 좋아할 수 있어야만 해요.

렉시   (충격을 받은 듯) 오, 프로시 양!

프로서핀   (봉투용 문갑을 낚아채어, 말을 하면서 그 안에 편지를 넣는다.) 여기도 캔디다, 그리고 저기도 캔디다, 그리고 모든 곳에 캔디다! (그녀는 봉투 덮개 부분에 침을 바른다.) 그것은, 단지 어떤 여자가 윤기 있는 머리와 괜찮은 외모를 가졌다고 해서, 어떤 사람으로 하여금 제정신을 잃은 상태에서 그녀가 터무니없는 방식으로 격찬 받는 것을 들도록 몰고 가기에 충분해요.

LEXY   [*with reproachful gravity*] I think her extremely beautiful,
         Miss Garnett. [*He takes the photograph up; looks at it; and
         adds, with even greater impressiveness*]. Extremely beautiful.
         How fine her eyes are!

PROSERPINE Her eyes are not a bit better than mine: now! [*He puts
            down the photograph and stares austerely at her*]. And you
            know very well you think me dowdy and second rate
            enough.

LEXY   [*rising majestically*] Heaven forbid that I should think of
         any of God's creatures in such a way! [*He moves stiffly
         away from her across the room to the neighborhood of the
         bookcase*].

PROSERPINE [*sarcastically*] Thank you. That's very nice and comforting.

LEXY   [*saddened by her depravity*] I had no idea you had any
         feeling against Mrs Morell.

PROSERPINE [*indignantly*] I have no feeling against her. She's very
            nice, very good-hearted: I'm very fond of her, and
            can appreciate her real qualities far better than any
            man can. [*He shakes his head sadly. She rises and comes
            at him with intense pepperiness*]. You don't believe me?
            You think I'm jealous? Oh, what a knowledge of the
            human heart you have, Mr Lexy Mill! How well you
            know the weaknesses of woman, don't you?

렉시　(비난 섞인 엄숙함으로) 나는 그녀가 대단히 아름답다고 생각해요. 가넷 양. (그는 사진을 집어 올려 바라보고 엄청난 감동으로 덧붙인다.) 엄청나게 아름다워요. 그녀의 눈이 정말 아름다워요!

프로서핀　그녀의 눈은 내 눈보다 전혀 더 예쁘지 않아요! 지금은! (그는 사진을 내려놓고 그녀를 준엄하게 응시한다.) 그리고 목사보(牧師補)님이 나를 볼 품없는 인류라고 생각하고 있다는 걸 본인이 매우 잘 아시잖아요.

렉시　(당당하게 일어서며) 내가 신의 창조물의 어떤 것을 그런 식으로 생각할 일은 절대로 없습니다! (그는 뻣뻣하게 그녀를 지나쳐 방을 가로질러 책장 근처로 이동한다.)

프로서핀　(빈정거리듯이) 고마워요. 그 말이 매우 좋고 위로가 되네요.

렉시　(그녀의 타락에 슬퍼하며) 난 당신이 모렐 사모님에게 어떤 감정을 품고 있는지 전혀 몰라요.

프로서핀　(분개하여) 그녀에 대한 아무런 감정도 없어요. 그녀는 좋고 마음씨가 고와요. 난 그녀를 무척 좋아하고 다른 사람이 할 수 있는 것보다 훨씬 더 잘 그녀의 진정한 우수함에 대한 가치를 알아볼 수 있지요. (그는 슬프게 머리를 흔든다. 그녀는 일어서서 강하게 얼얼해하며 그에게 다가간다.) 나를 믿지 못하죠? 당신은 내가 시기한다고 생각하죠? 오, 당신은 인간의 마음에 대해서 어떤 지식을 가지고 있나요, 렉시 밀 씨! 여성의 연약함을 얼마나 잘 알고 있으세요?

It must be so nice to be a man and have a fine penetrating intellect instead of mere emotions like us, and to know that the reason we don't share your amorous delusions is that we're all jealous of one another! [*She abandons him with a toss of her shoulders, and crosses to the fire to warm her hands*].

LEXY Ah, if you women only had the same clue to Man's strength that you have to his weakness, Miss Prossy, there would be no Woman Question.

PROSERPINE [*over her shoulder, as the stoops, holding her hands to the blaze*] Where did you hear Morell say that? You didn't invent it yourself: you're not clever enough.

LEXY That's quite true, I am not ashamed of owing him that, as I owe him so many other spiritual truths. He said it at the annual conference of the Women's Liberal Federation. Allow me to add that though they didn't appreciate it, I, a mere man, did. [*He turns to the bookcase again, hoping that this may leave her crushed*].

PROSERPINE [*putting her hair straight at a panel of mirror in the mantelpiece*] Well, when you talk to me, give me your own ideas, such as they are[25], and not his. You never cut a poorer figure[26] than when you are trying to imitate him.

LEXY [*stung*] I try to follow his example[27], not to imitate him.

---

25) such as they are / it is: 대단핸[변변핸] 것은 못되지만

26) cut[make] a poor[sorry] figure: 초라하게 보이다, 초라한 인상을 주다

27) follow one's example: 배우다

남자가 되어 우리와 같은 단순한 감성 대신 훌륭한 꿰뚫는 지적능
력을 소유하는 것, 그리고 우리가 당신의 호색적인 망상을 공유하지
못하는 이유가 우리 모두가 다른 사람을 질투하고 있다는 사실이라
는 것을 아는 것은 매우 멋진 일임이 틀림없지요! (그녀는 어깨를 획
젖히고 그를 떠나 손을 따뜻하게 하기 위해 난로로 가로질러 간다.)

렉시   아, 프로시 양, 당신 같은 여성이 남성의 약점에 대해 갖는 똑같은
      단서를 남성의 강점에 대해 갖기만 한다면, 어떠한 여성문제도 없을
      것이다.

프로서핀   (구부려 손에 불을 쬐면서 어깨 너머로) 목사님이 그걸 말하는 걸 어디서
      들었어요? 당신이 직접 그걸 지어내진 않았죠. 그럴 만큼 똑똑하진
      못하니까요.

렉시   사실이에요. 하지만 내가 목사님께 수많은 영적 진리를 은혜입고 있
      는 것처럼, 목사님께 그런 은혜를 입고 있는 걸 부끄럽게 여기지 않
      아요. 목사님이 여성자유연맹 연례회의에서 그걸 말씀하셨어요. 추
      가해서 말하자면 그 여성들은 그것의 진가를 알지 못했지만 단지
      남자에 불과한 전 알아차렸습니다. (그는 다시 책장을 향해 돌아서고, 이
      말로써 그녀를 압도할 수 있기를 바란다.)

프로서핀   (벽난로 거울에서 머리를 매만지며) 글쎄, 나한테 말할 땐 목사님이 아니
      라, 변변한 것이 못될지라도, 당신 자신의 생각을 내놓으세요. 당신
      이 목사님을 흉내 낼 때가 가장 초라하게 보이니까요.

렉시   (기분이 상해서) 난 목사님을 흉내 내는 것이 아니라 그분을 배우려고
      합니다.

PROSERPINE   [coming at[28] him again her way back to her work] Yes, you
              do: you imitate him. Why do you tuck your umbrella
              under your left arm instead of carrying it in your hand
              like anyone else? Why do you walk with your chin stuck
              out before you, hurrying along with that eager look in
              your eyes? You! Who never get up before half past nine
              in the morning. Why do you say 'knoaledge' in church,
              though you always say 'knolledge' in private
              conversation! Bah! Do you think I don't know? [She goes
              back to the typewriter]. Here! Come and set about your work:
              weve wasted enough time for one morning. Here's a copy
              of the diary for today. [She hands him a memorandum].
LEXY   [deeply offended] Thank you. [He takes it and stands at the
              table with his back to her, reading it. She begins to transcribe
              her shorthand notes[29] on the typewriter without troubling
              herself about his feelings].

        The door opens; and Mr Burgess enters unannounced. He is a man
of sixty, made coarse and sordid by the compulsory selfishness of petty
commerce, and later on softened into sluggish bumptiousness by
overfeeding and commercial success. A vulgar ignorant guzzling man,
offensive and contemptuous to people whose labor is cheap, respectful to
wealth and rank, and quite sincere and without rancor or envy in both
attitudes. The world has offered him no decently paid work except that of
a sweater; and he has become, in consequence, somewhat hoggish.

---

28) come at (somebody): 수동태로는 안 씀 / (공격하듯이) -에게 달려들다[덤벼들다]
29) transcribe shorthand notes: 속기록을 보통 문자로 고쳐 쓰다

프로서핀 (그녀의 업무로 되돌아가면서 다시 그에게 덤벼들 듯이) 아뇨, 당신은 흉내를 내려고 하죠. 왜 남들처럼 우산을 손에 들고 다니지 않고 왼쪽 겨드랑에 끼고 다니죠? 왜 걸을 때는 턱을 내밀고 눈에는 매우 열정적인 표정 짓기에 바빠요? 아침에 아홉시 반 이전에는 결코 일어나지도 못하는 당신이! 항상 사적인 대화 시에는 '흠흠' 하다가 교회에서는 '어-흠' 하는 거예요! 체! 내가 모를 줄 알아요? (그녀는 타자 업무를 다시 시작한다.) 자! 당신의 업무를 시작해야죠. 아침에 이미 많은 시간을 허비했다고요. 여기 오늘 일정표가 있어요. (그녀는 그에게 일정표를 준다.)

렉시 (몹시 기분이 상해서) 감사해요. (그녀는 그것을 받아서 여비서에게 등을 돌린 채로 테이블에 서서 읽는다. 그녀는 그의 기분에는 아랑곳하지 않고 타자기로 그녀의 속기록을 보통 문자로 고쳐 쓰기 시작한다.)

문이 열린다. 그리고 버게스 씨가 예고 없이 들어선다. 하찮은 상업에 수반되는 이기심으로 인해 거칠고 지저분해진 60세의 남자인데, 훗날 과식과 상업적 성공으로 느리고 오만해졌다. 저속하고 무지하며 게걸스러운 사람이고, 노임이 싼 사람들을 공격하고 경멸하며, 부와 지위가 있는 사람들에게는 공손하지만, 꽤 진실하여 어느 쪽에도 적의나 부러움을 받지는 않는다. 세상은 그에게 스웨터 외에는 어떠한 제대로 된 보수를 주는 직업을 제공하지 않아서 그는 결과적으로 어느 정도 탐욕스러운 사람이 되었다.

But he has no suspicion of this himself, and honestly regards his commercial prosperity as the inevitable and socially wholesome triumph of the ability, industry, shrewdness, and experience in business of a man who in private is easygoing, affectionate, and humorously convivial to a fault. Corporeally he is podgy, with a snoutish nose in the centre of a flat square face, a dust colored beard with a patch of grey in the centre under his chin, and small watery blue eyes with a plaintively sentimental expression, which he transfers easily to his voice by his habit of pompously intoning his sentences.

BURGESS	[*stopping on the threshold, and looking round*] They told me Mr Morell was here.
PROSERPINE	[*rising*] He's upstairs. I'll fetch him for you.
BURGESS	[*staring disappointedly at her*] You're not the same young lady as used to typewrite for him?
PROSERPINE	No.
BURGESS	[*grumbling on his way to the hearth-rug*] No: She was young-er. [*Miss Garnett stares at him; then goes out, slamming the door*]. Startin on your rounds, Mr Mill?
LEXY	[*folding his memorandum and pocketing it*] Yes: I must be off presently.
BURGESS	[*momentously*] Don't let me detain you, Mr Mill. What I come about is private between me and Mr Morell.
LEXY	[*huffily*] I have no intention of intruding³⁰⁾, I am sure, Mr Burgess. Good morning.
BURGESS	[*patronizingly*] Oh, good morning to you.

Morell returns as Lexy is making for the door.

---

30) I have no intention of intruding: 내가 너를 방해하려는 의도는 전혀 없다

하지만 그는 이점에 대한 어떠한 의심도 가지고 있지 않으며, 정직하게 그의 상업적 번영을, 어떤 잘못에 대해 느긋하고 다정하며 익살맞게 유쾌한 사업가가 가지고 있는 능력, 근면, 민첩성, 그리고 경험의 불가피하고 사회적으로 건전한 승리로서 간주한다. 신체적으로 그는 약간 살찐 편으로, 넓적하고 정사각형 모형의 얼굴의 중앙에 있는 주먹코, 그의 턱 아래 중앙에 위치한 일부가 회색을 한 다갈색 수염, 애처롭게 감상적인 표정을 띤 작고 푸른 물기 어린 청색 눈을 하고 있는데, 그는 그러한 표정을 습관적으로 문장을 거만하게 말하는 목소리로 쉽게 전환한다.

버게스	(문간에 멈춰 빙 둘러보며) 모렐 목사가 여기 있다고 하던데.
프로서핀	(일어나며) 목사님은 위층에 계세요. 제가 모셔오겠습니다.
버게스	(실망스럽게 그녀를 바라보며) 목사를 위해 타이프를 쳤던 그 젊은 여자가 아닌데?
프로서핀	아니에요.
버게스	(난로 앞에 까는 깔개로 가면서 투덜댄다.) 아냐. 그 아가씨는 더 젊었지. (가넷 양은 그를 노려본다. 그리고서 문을 쾅 닫고 나간다.) 미스터 밀, 일 나가려는 참인가?
렉시	(일정표를 접어 주머니에 넣으며) 예. 곧 나가야 합니다.
버게스	(긴급하게) 어서 가보시게, 미스터 밀. 나와 목사가 사적으로 할 얘기가 있어서 왔으니.
렉시	전 방해하려는 의도가 전혀 없습니다, 버게스 씨. 또 뵙겠습니다.
버게스	(생색을 내듯) 오, 또 봐요.

렉시가 문으로 향하면서 모렐이 돌아온다.

MORELL   [*to Lexy*] Off to work?

LEXY   Yes, sir.

MORELL   Take my silk handkerchief and wrap your throat up.
There's a cold wind. Away with you.

*Lexy, more than consoled for Burgess's rudeness, brightens up and
goes out.*

BURGESS   Spoilin your korates[31] as usu'l, James. Good mornin.
When I pay a man, an' 'is livin depens on me, I keep
him in 'is place.

MORELL   [*rather shortly*] I always keep my curates in their places
as my helpers and comrades. If you get as much work
out of your clerks and warehousemen as I do out of
my curates, you must bo getting rich pretty fast. Will
you take your old chair.

*He points with curt authority to the armchair beside the fireplace; then
takes the spare chair from the table and sits down at an unfamiliar distance
from his visitor.*

BURGESS   [*without moving*] Just the same as ever, James!

MORELL   When you last called－it was about three years ago, I
think－you said the same thing a little more frankly.
Your exact words then were 'Just as big a fool as
ever, James!'

---

31) Korat: 코라트(태국 원산(原産)인 털이 짧은 집고양이의 한 품종)

모렐   (렉시에게) 일하러 가나?

렉시   예.

모렐   내 실크 손수건을 가지고 목을 감싸게. 바람이 차. 가보라고.

렉시는 버게스의 무례함으로부터 보다 위로를 받은 듯 밝아져서 나간다.

버게스   아랫것들을 버릇없게 키우는 건 변함이 없군, 제임스. 잘 지냈나. 내가 어떤 사람에게 봉급을 주고 그가 내게 붙어 있는 한 난 그가 분수를 지키게 하지.

모렐   (다소 짧게) 저도 항상 제 목사보들을 제 조력자이자 동료로서 분수를 지키게 하죠. 제가 목사보들에게 얻은 만큼 그만큼 많이 장인어른께서 직원들과 도매상인들에게서 노동을 얻어내셨다면 틀림없이 꽤나 빨리 부자가 되셨을 텐데요. 전에 앉으시던 의자에 앉으시겠어요.

벽난로 옆의 안락의자를 권한을 갖은 듯 퉁명스럽게 가리킨다. 그리고 테이블에서 보조 의자를 가져와 방문객[버게스]과 거리를 두고 앉는다.

버게스   (움직이지 않고) 여전하군, 제임스!

모렐   장인어른께서 마지막으로 방문하셨을 때－약 3년 전으로 생각됩니다만－약간 더 솔직하게 똑같은 말씀을 하셨죠. 그 때 정확하게 이렇게 말씀하셨죠. '제임스, 여전히 큰 바보로구먼!'

BURGESS   [*soothingly*] Well, perhaps I did; but [*with conciliatory cheerfulness*] I meant no offence by it. A clergyman is privileged to be a bit of a fool, you know: it's only becoming in 'is profession that he should. Anyhow, I come here, not to rake up hold differences, but to let bygones be bygones[32]. [*Suddenly becoming very solemn, and approaching Morell*] James: three years ago, you done me a ill turn[33]. You done me out of a contract[34]: when I gave you harsh words in my natural disappointment, you turned my daughter against me. Well, I've come to act the part of[35] a Christian [*Offering his hand*] I forgive you, James.

MORELL   [*starting up*] Confound your impudence!

BURGESS   [*retreating, with almost lachrymose deprecation of this treatment*] Is that becoming language for a clergyman, James? And you so particular, too!

MORELL   [*hotly*] No, sir: it is not becoming language for a clergyman. I used the wrong word. I should have said damn your impudence: that's what St Paul or any honest priest would have said to you. Do you think I have forgotten that tender of yours for the contract to supply clothing to the workhouse?

---

32) let bygones be bygones: 지난 일은 잊어버리기로 하다
33) do a person a good[an ill] turn: ―에게 친절을 다하다[불친절하게 굴다]
34) do somebody out of something: (부당하게) ―을 ―하지 못하게 하다
35) act the part of: ―의 역을 하다

버게스 (진정시키듯이) 글쎄. 아마도 내가 그렇게 말했는지 모르지만. (회유적인 쾌활함으로) 전혀 악의 없이 한 말이었네. 알다시피 성직자는 약간 바보가 되어야 하는 것 아닌가. 그저 직업상 그래야만 하겠지. 어쨌든 내가 여기에 온 것은 과거의 잘잘못을 들먹이자는 것이 아니라 지난 일은 잊어버리기로 하자는 것일세. (갑자기 매우 엄숙해지며 모렐에게 다가가면서) 제임스. 3년 전에, 자넨 내게 불친절하게 굴었다고. 자넨 내가 계약을 못하게 했지. 그래서 내가 자네에게 당연한 실망감 때문에 심한 말을 했는데 자넨 내 딸까지 내게서 등을 돌리게 했어. 하지만, 난 기독교인 역할을 하기로 했네. (손을 내밀며) 자넬 용서하네, 제임스.

모렐 (펄쩍 뛰면서) 빌어먹을 뻔뻔스러움!

버게스 (뒤로 물러서며 거의 눈물을 자아내는 애원에 가까운 어조로) 그게 목사가 할 소린가, 제임스? 그리고 자네는 더구나 매우 특별한 사람이잖아!

모렐 (맹렬히) 아니죠, 장인어른. 목사가 입에 담을 소리가 아니죠. 제가 잘못 말했습니다. 다시 말하죠. 그런 무례한 말이 어디 있습니까! 성 바울 또는 어떤 정직한 목사라도 그렇게 말했을 겁니다. 장인어른께서 구빈원에 납품하시기로 했던 그 의복입찰계약서를 제가 잊었다고 생각하세요?

BURGESS   [*in a paroxysm of public spirit*] I acted in the interest of the ratepayers, James. It was the lowest tender: you can't deny that.

MORELL   Yes, the lowest, because you paid worse wages than any other employer — starvation wages — aye, worse than starvation wages — to the women who made the clothing. Your wages would have driven them to the streets to keep body and soul together[36]. [*Getting angrier and angrier*] Those women were my parishioners. I shamed the Guardians out of accepting your tender: I shamed the ratepayers out of letting them do it. I shamed everybody but you. [*Boiling over*]. How dare you, sir, come here and offer to forgive me, and talk about your daughter, and —

BURGESS   Easy, James! Easy! Easy! Don't get into a fluster about nothing. I've owned I was wrong.

MORELL   Have you? I didn't hear you.

BURGESS   Of course I did. I own it now. Come: I ask your pardon for the letter I wrote you. Is that enough?

MORELL   [*snapping his fingers*] That's nothing. Have you raised the wages?

BURGESS   [*triumphantly*] Yes.

MORELL   What!

---

36) keep body and soul together: 간신히 연명하다

버게스 (공공정신이 폭발하면서) 난 빈민들의 이익을 위해서 행동했을 뿐이라고. 내 입찰가격이 제일 낮았었지. 자네도 부인하지 못할걸.

모렐 예, 제일 낮았죠. 그건 장인어른께서 다른 고용주보다 더 박한 임금을 지불했기 때문이죠. 박봉, 맞아요, 옷을 만드는 여성 노동자들에게는 박봉보다 더 박하게 지불했죠. 그런 임금으로는 길거리에 내몰려 굶주릴 수밖에요. (더욱 더 분노하여) 그 여성 노동자들은 제 교구민들입니다. 전 장인어른을 입찰시킴으로써 구빈위원회를 망신시켰고 빈민들이 그걸 하도록 허용함으로써 그들을 창피스럽게 했으며 장인어른을 제외한 모두를 부끄럽게 했습니다. (화가 끓어오르며) 그런데 감히 여기 와서 저에 대한 용서를 제안하고, 따님 얘길 들먹이고, 그리고—

버게스 진정해, 제임스! 진정해! 진정하라고! 아무것도 아닌 일에 당황하지 말게. 난 내 잘못을 인정했네.

모렐 인정했다고요? 전 못 들었는데요.

버게스 물론 인정했지. 그걸 지금도 인정하네. 그러니 내가 자네에게 썼던 편지는 잊어주게. 그럼 됐나?

모렐 (손가락으로 딱 소리를 내어 주의를 끌며) 그건 별것도 아닙니다. 임금은 올리셨나요?

버게스 (당당하게) 그렇다네.

모렐 정말요!

BURGESS   [*unctuously*] I've turned a model employer. I don't
           employ no women now: they're all sacked; and the
           work is done by machinery. Not a man 'as less than
           sixpence an hour; and the skilled gets the Trade Union
           rate. [*Proudly*] What have you to say to me now?

MORELL   [*overwhelmed*] Is it possible! Well, there's more joy in
           heaven over one sinner that repentth! — [*Going to
           Burgess with an explosion of apologetic cordiality*] My dear
           Burgess: how splendid of you! I most heartily beg
           your pardon for my hard thoughts. [*Grasping his hand*]
           And now, don't you feel the better for the change?
           Come! Confess! You're happier. You look happier.

BURGESS   [*ruefully*] Well, perhaps I do. I suppose I must, since
           you notice it. At all events, I get my contract accepted
           by the County Council. [*Savagely*] They doesn't have
           nothing to do with me unless I paid fair wages: curse
           'em for a parcel of[37] meddling fools!

MORELL   [*dropping his hand, utterly discouraged*] So that was why
           you raised the wages! [*He sits down moodily*].

BURGESS   [*severely, in spreading, mounting tones*] Why else should I
           do it? What does it lead to but drink and uppishness
           in working men? [*He seats himself magisterially in the
           easy chair*]. It's all very well for you, James: it gets
           you into the papers and makes a great man of you;

---

37) a parcel of: 한 떼의, 한 무리의

버게스 (감동적으로) 난 이제 모범적인 사업주가 되었다네. 난 이제 여자들을 고용하지 않기로 했네. 다 내보냈다고. 일을 기계로 하지. 최저임금이 시간당 6펜스네. 숙련공들에게는 노동조합 임금률에 따라 지불한다고. (자랑스럽게) 이제 날 어떻게 생각하나?

모렐 (어리벙벙해져서) 정말입니까? 자, 참회하는 한 명의 죄인에게 하늘의 축복이 내리소서! (진심어린 사과의 마음으로 가득차서 버게스에게 다가가) 장인어른. 정말 훌륭하십니다! 그동안 저의 경직된 사고에 대해서 진심으로 사과를 드립니다. (그의 손을 꽉 잡으며) 그래서 지금, 그렇게 변하시니까 훨씬 더 기분이 좋아지셨죠? 자! 고백하세요! 더 행복하시군요. 더 행복해보이십니다.

버게스 (우울하게) 글쎄, 그렇게 보이겠지. 자네한테 그렇게 보인다니 그래야만 하겠지. 어쨌거나, 난 시의회 입찰에 응찰할 자격을 얻었다네. (사납게) 내가 공정한 임금을 지불하지 않았다면 날 거들떠보지도 않았을걸. 훼방이나 일삼는 바보들 같으니라고!

모렐 (손을 떨구고, 전적으로 실망해서) 그래서 임금을 올리셨군요. (우울하게 주저앉는다.)

버게스 (심하게, 어조를 높이며) 그럼 내가 뭣 때문에 임금을 올린단 말인가? 노동자 녀석들 그래봤자 술이나 퍼먹고 주제 넘는 짓이나 하지. (안락의자에 거만하게 앉으며) 자네한테야 아주 좋겠지, 제임스. 자네가 신문에 나고 유명인사가 될 테니 말일세.

but you never think of the harm you do, putting money into the pockets of working men that they don't know how to spend, and takin it from people that might be making a good use on it.

MORELL [*with heavy sigh, speaking with cold politeness*] What is your business with me this morning? I shall not pretend to believe that you are here merely out of family sentiment.

BURGESS [*obstinately*] Yes I am: just family sentiment and nothing else.

MORELL [*with weary calm*] I don't believe you.

BURGESS [*rising threateningly*] Don't say that to me again, James Mavor Morell.

MORELL [*unmoved*] I'll say it just as often as may be necessary to convince you that it's true. I don't believe you.

BURGESS [*collapsing into an abyss of wounded feeling*] Oh, well, if you're determined to be unfriendly, I suppose I'd better go. [*He moves reluctantly towards the door. Morell makes no sign. He lingers*]. I didn't expect to find a unforgiving spirit in you, James. [*Morell still not responding, he takes a few more reluctant steps doorwards. Then he comes hack, whining*]. We useter [used to] get on well enough, spite of our different opinions. Why are you so changed to me? I give you my word I come here in peeor [pure] friendliness, not wishing to be on bad terms with my own daughter's husband. Come, James: be a Kerischin [Christian], and shake hands. [*He puts his hand sentimentally on Morell's shoulder*].

하지만 자네는 자네가 끼치는 해악은 전혀 생각하지 못하네. 돈을 어떻게 쓸 줄도 모르는 노동자들에게 임금을 올려주는 것은 유용하게 돈을 쓸 줄 아는 사람들의 돈을 가져가는 게 아니라는 말이야.

모렐 (심하게 한숨을 쉬며 냉정한 정중함으로) 그렇다면 오늘 아침에 무슨 일로 제게 오셨죠? 단지 가족의 정 때문에 이곳에 오신 건 아닐 테고요.

버게스 (완강하게) 그렇다네. 그저 가족의 정 때문에 온 것뿐일세.

모렐 (지치지만 차분하게) 믿어지지 않아요.

버게스 (위협적으로 일어서며) 내게 다시는 그런 식으로 말하지 말게, 메이버 모렐.

모렐 (흔들림이 없이) 저는 장인어른께 사실을 확신시키기 위해서 필요하다면 종종 그렇게 말씀을 드릴 거예요. 장인어른을 믿지 못하겠어요.

버게스 (심하게 마음의 상처를 받아서) 오, 그러니까, 자네가 무정하게 나올 작정이라면 난 가는 게 좋겠네. (주저하며 문으로 간다. 모렐은 반응이 없다. 그는 망설인다.) 난 자네가 이렇게 용서에 인색한 사람인 줄은 몰랐네, 제임스. (모렐이 여전히 반응이 없자, 버게스는 문을 향해 몇 발짝 주저하는 걸음을 내딛는다. 그리고서 투덜대면서 다시 돌아온다.) 우리가 서로 견해가 다르긴 했지만 그동안 잘 지내지 않았나. 그런데 왜 이렇게 내게 대하는 태도가 변한 건가? 난 순수한 정을 생각해서 온 것뿐이지, 내 딸의 남편과 나쁜 관계를 맺고자 온 건 아니네. 자, 제임스. 그만 용서하고 화해하세. (그는 감상적으로 모렐의 어깨에 그의 손을 올려놓는다.)

MORELL	[*looking up at him thoughtfully*] Look here, Burgess. Do you want to be as welcome here as you were before you lost that contract?
BURGESS	I do, James. I do—honest.
MORELL	Then why don't you behave as you did then?
BURGESS	[*cautiously removing his hand*] Ow d'y' [they] mean?
MOBELL	I'll tell you. You thought me a young fool then.
BURGESS	[*coaxingly*] No I didn't, James. I—
MORELL	[*cutting him short*] Yes, you did. And I thought you an old scoundrel.
BURGES	[*most vehemently deprecating this gross self-accusation on Morell's part*] No you didn't, James. Now you do yourself an injustice[38].
MORELL	Yes I did. Well, that did not prevent our getting on very well together. God made you what I call a scoundrel as He made me what you call a fool. [*The effect of this observation on Burgess is to remove the keystone of his moral arch. He becomes bodily weak, and, with his eyes fixed on Morell in a helpless stare, puts out his hand apprehensively to balance himself, as if the floor had suddenly sloped under him. Morell proceeds, in the same tone of quiet conviction*] It was not for me to quarrel with His handiwork in the one case more than in the other. So long as you come here honestly as a self-respecting, thorough, convinced, scoundrel, justifying your scoundrelism and proud of it, you are welcome.

---

38) do oneself/somebody an injustice (← do an injustice): 스스로/-를 부당하게 판단하다

모렐 (사려 깊게 그를 올려다보며) 이보세요, 장인어른. 진정으로 입찰에 실패
    했던 지난 사건 이전으로 되돌아가고 싶으신가요?

버게스 그렇다네, 제임스. 그렇고말고 — 정말로.

모렐 그렇다면 왜 예전처럼 행동하시지 않는 거죠?

버게스 (조심스럽게 손을 치우며) 글쎄 자네 말은?

모렐 들어보세요. 장인어른께서 그땐 저를 바보 같은 젊은이라고 생각하
    셨잖아요.

버게스 (달래듯이) 아니, 그렇지 않네, 제임스. 난 —

모렐 (말을 막으며) 아니에요, 그러셨어요. 그리고 전 장인 어른을 늙은 악
    당이라고 생각했고요.

버게스 (매우 격하게 모렐이 하는 모든 자책을 반대하며) 아니, 자네는 그렇지 않았
    어, 제임스. 지금 자넨 스스로를 부당하게 판단하고 있네.

모렐 예, 제가 그랬지요. 어쨌든, 그렇다고 해서 우리들 사이가 나빠진
    않았습니다. 장인어른이 저를 바보라고 생각했듯이 제가 장인어른
    을 악당이라고 생각했던 것도 다 하나님의 뜻이겠지요. (버게스에 대
    한 이러한 의견은 그[모렐]의 도덕적 구조의 핵심을 없애도록 영향을 준다. 그
    [버게스]는 육체적으로 약해지고, 마치 마루가 그의 아래에서 갑자기 출렁거리
    기라도 하는 양, 고정된 두 눈으로 절망적으로 모렐을 응시하고, 자신의 균형을
    잡기 위해서 걱정스럽게 그의 손을 내민다. 앞에서와 같은 아주 신념에 찬 어
    조로 모렐은 계속한다.) 제가 다른 경우보다도 이번에 장인어른[신의 피
    조물]과 다툴 수는 없죠. 그러니 장인어른께서 악당의 모습을 옹호
    하고 그것을 자랑하면서, 자존심이 있고 철저하며 확신 있는 악당
    으로서 솔직하게 이곳에 오신다면 환영합니다.

But [*and now Morell's tone becomes formidable; and he rises and strikes the back of the chair for greater emphasis*] I won't have you here snivelling about being a model employer and a converted man when you're only an apostate with your coat turned for the sake of a County Council contract. [*He nods at him to enforce the point; then goes to the hearth-rug, where he takes up a comfortably commanding position with his back to the fire, and continues*] No: I like a man to be true to himself, even in wickedness. Come now: either take your hat and go; or else sit down and give me a good scoundrelly reason for wanting to be friends with me. [*Burgess, whose emotions have subsided sufficiently to be expressed by a dazed grin, is relieved by this concrete proposition. He ponders it for a moment and then, slowly and very modestly sits down in the chair Morell has just left*]. That's right. Now out with it[39].

BURGESS [*chuckling in spite of himself*] Well, you are a queer bird[40], James, and no mistake[41]. But [*almost enthusiastically*] one can't help liking you: besides, as I said afore, of course one don't take all a clergyman says seriously, or the world couldn't go on. Could it now? [*He composes himself[42] for graver discourse, and turning his eyes on Morell, proceeds with dull seriousness*]

---

39) Out with it!: 다 말해버려, 말해라!

40) a queer bird: 괴상한 녀석, 괴짜

41) and no mistake: 틀림없다[분명하다](자기가 한 말의 진실성을 강조할 때 씀)

42) compose oneself: 심란한 마음을 가라앉히다

그렇지만 (그리고 지금 모렐의 어조가 만만찮다. 그리고 그는 일어나서 주장을 보다 더 강조하기 위하여 의자의 등을 친다.) 실상은 장인어른께서 주 의회 입찰을 따내기 위한 변절자에 지나지 않으면서, 모범적 사업주가 되고 회개를 했다고 징징거리면서 이곳을 찾도록 하지 않을 것입니다. (그는 요점을 강조하기 위해서 그[버게스]에게 고개를 끄덕인다. 그리고 난로 앞에 까는 깔개 쪽으로 가서 등을 난로를 향한 채 편안하게 위엄 있는 자세로 말을 계속한다.) 그래요. 전 설사 사악할지라도, 자기 자신에게 진실한 사람을 좋아합니다. 그러니 이제 모자를 쓰고 가시든지, 그렇지 않으면 앉아서 저와 스스럼없는 사이가 되고자 오신 악당다운 이유를 제게 솔직히 털어놓으시죠. (버게스는, 멍한 기분이 충분하게 진정되자, 이 구체적인 제안에 안도한다. 잠시 생각을 하고나서 천천히 그리고 매우 겸손하게 모렐이 방금 앉았던 자리에 앉는다.) 좋습니다. 자, 말씀하시죠.

버게스 (자기도 모르게 키득거리며) 하여튼, 자넨 괴짜야, 제임스, 틀림없어. 하지만 (거의 열정적으로) 사람들은 자넬 좋아하지 않을 수가 없지. 게다가, 전에도 말했지만, 물론 사람들이 성직자가 한 말의 전부가 아닌 일부만 진지하게 받아들이거나, 또는 세상이 계속되지 않을 수도 있지. 지금은 계속될 수 있을까? (보다 심각한 얘기를 하기 위해 심란한 마음을 가라앉히며, 모렐을 바라보고 침착하게 말한다.)

Well, I don't mind telling you, since it's your wish we should be free with one another, that I did think you a bit of a fool once; but I'm beginning to think that perhaps I was be'ind [behind] the times a bit.

MORELL [*exultant*] Aha! You're finding that out at last, are you?

BURGESS [*portentously*] Yes: times 'as changed mor'n [was changed more than] I could a [have] believed. Five yorr [year] ago, no sensible man would a [have] thought o [of] taking up with your ideas. I used to wonder you was let preach at all. Why, I know a clergyman what 'as being kept out of his job for yorrs [years] by the Bishop o [of] London, although the poor feller's not a bit more religious than you are. But today, if anyone was to offer to bet me a thousand pound that you'll end by being a bishop yourself, I doesn't take the bet. [*Very impressively*] You and your crew are getting influential: I can see that. They'll have to give you something someday, if it's only to stop your mouth. You had the right instinct after all, James: the line you took is the paying line in the long run for a man o [of] your sort.

MORELL [*offering his hand with thorough decision*] Shake hands, Burgess. Now you're talking honestly. I don't think they'll make me a bishop; but if they do, I'll introduce you to the biggest jobbers I can get to come to my dinner parties.

아무튼, 자네가 솔직하게 털어놓으라고 하니까 하는 말인데, 사실 내가 자네를 한때 바보라고 생각했었네. 그런데 지금은 내가 아마도 그때 약간 시대에 뒤지지 않았나 하는 생각이 들고 있네.

모렐   (기뻐서 어쩔 줄 모르며) 아하! 마침내 그걸 깨달으셨군요.

버게스   (거창하게 굴며) 그렇다네. 세상은 내가 생각할 수 있던 것보다 더 많이 변했어. 5년 전만 해도, 자네 생각에 동조하는 지각 있는 사람은 아무도 없었네. 난 자네가 목사 자리를 잃지 않을까 하는 생각이 들곤 했네. 아니, 난 어떤 목사가 자네만큼 과격하지도 않았는데 런던의 추기경에게 수년간 쫓겨났던 걸 알고 있네. 그런데 오늘날, 누군가가 내게 1천 파운드를 걸고 언젠가 자네가 추기경이 될 것이라는 내기를 하자고 하면 난 사양하겠네. (매우 인상적으로) 자네와 자네 같은 친구들이 영향력을 얻고 있지. 난 그걸 알 수 있어. 자네의 입을 막기 위해서라면 언제가 자네한테 뭔가를 줘야만 할 거야. 결국 자네의 직감이 옳았어, 제임스. 결국에는 자네들의 노선이 득을 볼 거네.

모렐   (확신을 갖고 손을 내밀며) 장인어른, 악수하시죠. 이제야 솔직하게 말씀하시는군요. 제가 추기경이 되리라 생각하지 않지만 만약에 그렇게 된다면 제가 장인어른을 제 만찬에 초대할 수 있는 거물급 증권중개인들에게 소개해 드리겠습니다.

BURGESS   [*who has risen with a sheepish grin and accepted the hand of*
          friendship] You will have your joke, James. Our quarrel
          made up now, ain it?
A WOMAN'S VOICE   Say yes, James.

Startled, they turn quickly and find that Candida has just come in, and
is looking at them with an amused maternal indulgence which is her
characteristic expression. She is a woman of 33, well built, well nourished,
likely, one guesses, to become matronly later on, but now quite at her best,
with the double charm of youth and motherhood. Her ways are those of a
woman who has found that she can always manage people by engaging their
affection and who does so frankly and instinctively without the smallest
scruple. So far, she is like any other pretty woman who is just clever enough
to make the most of her sexual attractions for trivially selfish ends; but
Candida's serene brow, courageous eyes, and well set mouth and chin
signify largeness of mind and dignity of character to ennoble her cunning in
the affections, a wise-hearted observer, looking at her, would at once guess
that whoever had placed the Virgin of the Assumption over her hearth did so
because he fancied some spiritual resemblance between them, and yet would
not suspect either her husband or herself of any such idea, or indeed of any
concern with the art of Titian.

Just now she is in bonnet and mantle, carrying a strapped rug with her
umbrella stuck through it, a handbag, and a supply of illustrated papers.

버게스　(계면쩍은 미소를 지으며 자리에서 일어나 화친의 손을 잡으며) 농담이라도 고맙네, 제임스. 이제 우리 화해한 건가, 그런가?

여인의 목소리　그렇다고 하세요, 제임스.

그들은 놀라서 재빨리 돌아서며, 캔디다가 어느새 들어 와 그녀 특유의 표정인 즐거워하는 모성적 관대함으로 그들을 바라보고 있음을 발견한다. 33세의 건장하고 영양상태가 좋은 여성으로, 아마도 기혼여성이지만 지금이 아주 가장 좋은 상태인, 젊음과 모성애의 이중적 매력을 지니고 있다. 그녀의 태도는 항상 사람들에 대한 애정으로 그들을 사로잡을 수 있으며, 그것도 추호의 거리낌도 없이 솔직하고 본능적으로 행하는 그러한 여성의 방식이다. 지금까지 그녀는 어떤 다른 아름다운 여성들처럼 사소한 이기적 목적을 위해서 그녀의 성적매력을 최대로 활용할 정도로 영리하지만, 평온한 눈썹과 용기 있는 눈매, 균형 잡힌 입술과 턱은 넓은 마음과 위엄 있는 성품을 보여줌으로 말미암아 환심을 사기위한 그녀의 간계마저도 기품이 있게 만든다. 현명한 마음의 관찰자라면, 그녀를 바라보면서 벽난로 위에 성모 승천의 그림을 둔 사람이 누구일지라도 그가 둘[마리아와 그녀] 사이에 어떤 영적 유사함이 있다고 믿었기 때문에 그렇게 했다고 즉시 생각할 것이며, 그리고 그녀의 남편 아니면 그녀 자신이 어떤 그러한 생각을, 또는 실로 티치아노 예술에 대하여 어떤 관심을 가진 것에 대해 의심하지 않을 것이다.

지금 그녀는 보닛 모자를 쓰고 망토를 입고 있으며, 우산을 감싸 끈으로 묶은 무릎덮개, 핸드백, 그리고 그림신문을 들고 있다.

MORELL   [*shocked at his remissness*] Candida! Why—[*He looks at his watch, and is horrified to find it so late*]. My darling! [*Hurrying to her and seizing the rug strap, pouring forth his remorseful regrets all the time*] I intended to meet you at the train. I let the time slip. [*Flinging the rug on the sofa*] I was so engrossed by—[*returning to her*]—I forgot—oh! [*He embraces her with penitent emotion*].

BURGESS   [*a little shamefaced and doubtful of his reception*] How are you, Candy? [*She, still in Morell's arms, offers him her cheek, which he kisses*]. James and me is come to a understanding. A *honorable* understanding. Ain't we, James?

MORELL   [*impetuously*] Oh bother your understanding! You've kept me late for Candida. [*With compassionate fervor*] My poor love: how did you manage about the luggage? How—

CANDIDA   [*stopping him and disengaging herself*] There! There! There! I wasn't alone. Eugene has been down with[43] us; and we travelled together.

MORELL   [*pleased*] Eugene!

CANDIDA   Yes: he's struggling with my luggage, poor boy. Go out, dear, at once; or he'll pay for the cab; and I don't want that. [*Morell hurries out. Candida puts down her handbag; then takes off her mantle and bonnet and puts them on the sofa with the rug, chatting meanwhile*]. Well, papa: how are you getting on at home?

---

43) be down with: —와 친하게 지내다, 서로 친구다

모렐   (자신의 부주의함에 충격을 받아) 캔디다! 아니! ─(그의 시계를 보고 매우 늦
        은 것에 대해 짐짓 놀라며) 여보! (그녀에게 달려가서 무릎덮개 끈을 붙잡고,
        계속해서 후회를 토로하며) 내가 정거장으로 당신 마중을 나갈 참이었
        는데, 시간을 놓쳐버렸군. (무릎덮개를 소파에 던지며) 내가 그만 딴 데
        매우 골몰해 있느라고─(그녀에게 다가가며)─깜빡 잊어버리다니─
        오! (참회하는 심정으로 그녀를 껴안는다.)

버게스   (그가 그녀를 맞이하는 모습에 대해 약간 겸연쩍은 얼굴을 하고 의아해 하며)
        캔디, 잘 있었니? (그녀가, 여전히 모렐의 팔에 안긴 채, 그에게 그녀의 뺨을
        내밀자 그는 거기에 입을 맞춘다.) 제임스 하고 난 합의에 이르렀단다.
        훌륭한 합의 말이야. 안 그런가, 제임스?

모렐   (격렬하게) 오, 지금 그깟 화해가 대수입니까! 장인어른 때문에 캔디
        다 마중도 못나갔는데. (연민 어린 열정으로) 가여운 내 사랑. 짐은 어
        떻게 했소? 어떻게 ─

캔디다   (그를 제지하고 벗어나면서) 그만! 그만! 그만하세요! 저 혼자 오지 않았
        어요. 유진 하고 같이 왔거든요. 함께 여행했어요.

모렐   (기뻐서) 유진!

캔디다   네. 그 앤 내 짐을 내리느라 씨름하고 있을 거예요. 나가 보세요, 여
        보, 어서요. 택시 요금을 낼지 몰라요. 그렇게 하고 싶지 않아요. (모
        렐이 서둘러서 나간다. 캔디다는 핸드백을 내려놓는다. 그리고서 망투와 보닛을
        벗어 무릎덮개와 함께 소파 위에 놓으며, 그 사이에 계속 말한다.) 그래, 아빠.
        집에서 어떻게 지내세요?

BURGESS	The house ain't worth living in since you left it, Candy. I wish you'd come round and give the girl a talking to. Who's this Eugene that's come with you?
CANDIDA	Oh, Eugene's one of James's discoveries. He found him sleeping on the Embankment last June. Haven't you noticed our new picture [*pointing to the Virgin*]? He gave us that.
BURGESS	[*incredulously*] Garn! D'you mean to tell me — your own father! — that cab touts[44] or such like, or the Embankment, buys pictures like that? [*Severely*] Don't deceive me, Candy: it's a 'igh Church[45] picture; and James chose it himself.
CANDIDA	Guess again. Eugene isn't a cab tout.
BURGESS	Then what is he? [*Sarcastically*] A nobleman, I suppose.
CANDIDA	[*nodding delightedly*] Yes. His uncle's a peer! A real live earl.
BURGESS	[*not daring to believe such good news*] No!
CANDIDA	Yes. He had a seven day bill for £55 in his pocket when James found him on the Embankment. He thought he couldn't get any money for it until the seven days were up; and he was too shy to ask for credit. Oh, he's a dear boy! We are very fond of him.

---

44) cab tout: (英) 택시의 알선과 하물의 하역을 업으로 삼는 사람
45) High Church: 고교회파(로마 가톨릭 교회와 가장 유사한 영국 국교회의 한 파)

버게스 네가 집을 떠난 뒤로는 영 재미가 없구나, 캔디다. 집에 와서 네 엄마 말동무라도 되어주렴. 너와 같이 왔다는 유진이 누구냐?

캔디다 아, 유진은 제임스가 길에서 데려온 애들 중의 하나예요. 지난 6월에 강둑에서 자고 있는 애를 데려왔지요. 우리 집의 새로운 그림 (성모마리아 초상을 가리킨다.) 못 보셨어요? 그 애가 우리에게 준 거예요.

버게스 (믿을 수 없다는 듯이) 농담하지 마! 네 말은 나에게 ─ 네 애비한테 ─ 강둑에서 잠이나 자는 비렁뱅이 따위가 저런 그림을 사줬다는 거냐? (매섭게) 날 속일 생각일랑 마라, 캔디. 저건 고교회파[로마 가톨릭 교회와 가장 유사한 영국 국교회의 한 파] 그림이고 제임스가 직접 골랐어.

캔디다 다시 맞춰보세요. 유진은 비렁뱅이가 아니에요.

버게스 그럼 뭐란 말이냐? (비꼬는 투로) 귀족이라도 된단 말이냐?

캔디다 (기쁘게 고개를 끄덕이며) 그래요. 걔 삼촌이 귀족이에요. 그것도 멀쩡히 살아 있는 백작이라고요.

버게스 (그런 좋은 소식을 감히 믿을 수 없다는 듯이) 그럴 리가!

캔디다 맞아요. 제임스가 걔를 강둑에서 발견했을 때 그 앤 호주머니에 1주일 만기 55파운드 수표를 지니고 있었어요. 그 앤 일주일이 지날 때까진 그 돈을 찾을 수 없다고 생각했대요. 워낙 수줍어서 돈을 꿀 생각을 못 한 거죠. 오, 걘 귀여운 애예요. 우린 그 애를 매우 좋아해요.

BURGESS [*pretending to belittle the aristocracy, but with his eyes gleaming*] Hmm! I thought you wouldn't get a earl's nephew visiting in Victoria Park unless he were a bit of a flat. [*Looking again at the picture*] Of course I don't old with that picture, Candy; but still it's a 'igh class first rate work of art: I can see that. Be sure you introduce me to him, Candy. [*He looks at his watch anxiously*]. I can only stay about two minutes.

Morell comes back with Eugene, whom Burgess contemplates moist-eyed with enthusiasm. He is a strange, shy youth of eighteen, slight, effeminate, with a delicate childish voice, and a hunted tormented expression and shrinking manner that shew the painful sensitiveness of very swift and acute apprehensiveness in youth, before the character has grown to its full strength. Miserably irresolute, he does not know where to stand or what to do. He is afraid of Burgess, and would run away into solitude if he dared; but the very intensity with which he feels a perfectly commonplace position comes from excessive nervous force; and his nostrils, mouth, and eyes betray a fiercely petulant willfulness, as to the bent of which his brow, already lined with pity, is reassuring. He is so uncommon as to be almost unearthly; and to prosaic people there is something noxious in this unearthliness, just as to poetic people there is something angelic in it. His dress is anarchic. He wears an old blue serge jacket, unbuttoned, over a woollen lawn tennis shirt, with a silk handkerchief for a cravat, trousers matching the jacket' and brown canvas shoes. In these garments he has apparently lain in the heather end waded through the waters; and there is no evidence of his having ever brushed them.

버게스 (귀족을 과소평가하는 척하지만 빛나는 눈빛을 하고서) 흠! 변변치 못한 녀석이 아니고서야 빅토리아 공원을 어슬렁거리는 백작의 조카가 있을 리는 없지. (다시 그림을 보며) 물론, 저 그림은 별로 마음에 들지는 않는다, 캔디. 하지만 저건 상류 1급 예술품이라는 걸 알 수 있구나. 캔디, 꼭 그 앨 내게 소개 좀 해주렴. (걱정스럽게 시계를 보며) 난 단지 약 2분밖에 머물 시간이 없구나.

모렐이 유진을 데리고 돌아오자 버게스는 매우 열중하여 그를 응시한다. 유진은 충분한 힘을 발휘하기에는 덜 성장한, 호리호리한 몸매에 여성적이며 이상하리만큼 수줍은 18세의 소년으로, 섬세하고 어린애 같은 음성과, 젊음에서 묻어나는 매우 빠르고 날카로운 이해력의 고통스러운 민감함을 보여주는 쫓기는 듯 괴로운 표정과 움츠리는 태도를 지니고 있다. 그는 지독하게 결단력이 없으며, 어디에 서야 할지 무엇을 해야 할지 쩔쩔맨다. 그는 버게스를 두려워하며 할 수만 있다면 달아나 숨을 태세다. 그러나 그가 생각하는 완벽하게 아주 흔한 태도의 바로 그 강렬함은 지나친 신경과민증세에서 나온다. 이미 연민을 느끼게 하는 그의 이마의 특징이 말하여 주듯이, 그의 코와 입과 눈매는 격렬하게 심통 사나운 고집스러움을 보여준다. 그는 거의 지상의 존재가 아니라고 느낄 만큼 비범하다. 산문적인 사람에게 이러한 비세속적임이 유해한 것으로 보이지만 시적인 사람에게는 천사 같은 느낌을 준다. 그는 모직 론 테니스 셔츠 위에 낡은 청색 사지 재킷을 단추를 푼 채 입고 있다. 크라바트[넥타이처럼 매는 남성용 스카프]로 실크 손수건을 매고 있고, 재킷에 어울리는 바지에, 갈색 즈크화를 신었다. 이런 차림으로 그는 헤더[낮은 산・황야 지대에 나는 야생화, 보라색・분홍색・흰색의 꽃이 핌]에 눕고 물속을 헤치며 걸었을 것이다. 옷에 솔질을 한 흔적도 없다.

As he catches sight of a stranger on entering, he stops, and edges along the wall on the opposite side of the room.

MORELL   [*as he enters*] Come along: you can spare us quarter of an hour at all events. This is my father-in-law. Mr Burgess — Mr Marchbanks.

MARCHBANKS   [*nervously backing against the bookcase*] Glad to meet you, sir.

BURGESS   [*crossing to him with great heartiness, whilst Morell joins Candida at the fire*] Glad to meet you, I'm sure, Mr Morchbanks. [*Forcing him to shake hands*] Oh, [How] do you find yourself this weather? Hope you ain't letting James put no foolish ideas into your head?

MARCHBANKS   Foolish ideas? Oh, you mean Socialism? No.

BURGESS   That's right. [*Again looking at his watch*] Well, I must go now: there's no help for it.[46] You're not coming my way, or you, Mr Marchbanks?

MARCHBANKS   Which way is that?

BURGESS   Victoria Park Station. There's a city train at 12.25.

MORELL   Nonsense. Eugene will stay to lunch with us, I expect.

MARCHBANKS   [*anxiously excusing himself*] No — I — I —

BURGESS   Well, well, I shouldn't press you: I bet you'd rather lunch with Candy. Some night, I hope, you'll come and dine with me at my club, the Freeman Founders in Nortn Folgit. Come: say you will!

---

46) there is no help for it: 그것은 피할[어쩔] 수 없다

그는 들어서면서 낯선 사람을 보자 멈춘 뒤 방의 반대편 벽을 따라 조금씩 움직인다.

모렐   (들어오며) 이리 오너라. 어쨌든 15분 정도는 함께 있을 수 있겠지? 이분이 내 장인어른이신 버게스 씨란다. 여기는 마치뱅크스이고요.

마치뱅크스   (소심하게 책상에 기대며) 만나 봬서 반갑습니다.

버게스   (반갑게 그에게 다가간다. 한편 모렐은 벽난로 쪽에 있는 캔디다와 합류한다.) 아, 마치뱅크스 선생, 정말 반갑소이다. (억지로 악수를 유도하며) 그래, 오늘 날씨가 어떤가요? 혹시 제임스 선생으게 어리석은 사상을 듣지는 않았나요?

마치뱅크스   어리석은 사상요? 오, 사회주의 말씀인가요? 아뇨.

버게스   맞아요. (다시 시계를 보며) 자, 난 이제 가봐야겠군. 반드시. 마치뱅크스 선생, 나와 방향이 다른가요, 같나요?

마치뱅크스   어느 쪽으로 가시는데요?

버게스   빅토리아 공원 역요. 거기서 12시 25분 기차를 타야 해요.

모렐   안 돼요. 유진은 우리와 함께 점심을 할 겁니다.

마치뱅크스   (불안하게 자신을 변명하며) 아뇨, 전, 전.

버게스   자, 자, 편할 대로 해요. 캔디와 함께 점심을 하는 게 좋겠어요. 어느 날 밤에 내가 가는 노턴 폴게잇의 프리맨 파운더스 클럽에 저녁 초대를 하리다.

| MARCHBANKS | Thank you, Mr Burgess. Where is Norton Folgate. Down in Surrey, isn't it? |

Burgess, inexpressibly tickled, begins to splutter with laughter.

CANDIDA	[*coming to the rescue*[47]] You'll lose your train, papa, if you don't go at once. Come back in the afternoon and tell Mr Marchbanks where to find the club.
BURGESS	[*roaring with glee*] Down in Surrey! Ha, ha! That's not a bad one. Well, I never met a man as didn't know Nortn Folgit afore. [*Abashed at his own noisiness*] Goodbye, Mr Marchbanks: I know you're too highbred to take my pleasantry in bad part. [*He again offers his hand*].
MARCHBANKS	[*taking it with a nervous jerk*] Not at all.
BURGESS	Bye, bye, Candy. I'll look in again later on. So long, James.
HORELL	Must you go?
BURGESS	Don't stir. [*He goes out with unabated heartiness*].
MORELL	Oh, I'll see you off. [*He follows Aim*].

Eugene stares after them apprehensively, holding his breath until Burgess disappears.

---

47) go[come] to the rescue of a person: 남을 구하러 가대[오대]

마치뱅크스　　고맙습니다, 버게스 씨. 노턴 폴게잇이 어디에 있죠? 서리[잉글랜드
　　　　　　남동부의 주] 쪽인가요?

버게스는, 대단히 재미있어 하며, 웃음을 터뜨리며 말한다.

　캔디다　　(걱정하며 다가가) 아빠, 즉시 가시지 않으면, 차 시간 늦겠어요. 오후
　　　　　에 다시 오셔서 마치뱅크스에게 그 클럽이 어디에 있는지 말씀해
　　　　　주세요.

　버게스　　(기뻐서 큰 소리로) 서리 쪽이라! 하, 하! 나쁘진 않군. 글쎄, 지금껏 노
　　　　　턴 폴게잇을 모르는 사람은 처음이야. (자신의 소란스러움에 무안해서)
　　　　　잘 있어요, 마치뱅크스 선생. 매우 가문이 좋은 분이니 나의 무례를
　　　　　기분 나빠하진 않겠지요. (다시 악수를 청한다.)

마치뱅크스　　(초초한 동작으로 손을 잡으며) 천만에요.

　버게스　　캔디, 그럼 잘 있거라. 나중에 다시 들르마. 제임스, 잘 있게.

　　모렐　　가시려고요?

　버게스　　그대로 있게. (원기 왕성한 채로 나간다.)

　　모렐　　배웅하겠습니다. (따라 나간다.)

유진은 불안하게 그들을 응시하며, 버게스가 사라질 때까지 숨을 죽인다.

CANDIDA   [*laughing*] Well, Eugene? [*He turns with a start*[48], *and comes eagerly towards her, but stops irresolutely as he meets her amused look*]. What do you think of my father?

MARCHBANKS   I—I hardly know him yet. He seems to be a very nice old gentleman.

CANDIDA   [*with gentle irony*] And you'll go to the Freeman Founders to dine with him, won't you?

MARCHBANKS   [*miserably, taking it quite seriously*] Yes, if it will please you.

CANDIDA   [*touched*] Do you know, you are a very nice boy, Eugene, with all your queerness. If you had laughed at my father I shouldn't have minded; but I like you ever so much better for being nice to him.

MARCHBANKS   Ought I to have laughed? I noticed that he said something funny; but I am so ill at ease with strangers; and I never can see a joke. I'm very sorry. [*He sits down on the sofa, his elbows on his knees and his temples between his fists with an expression of hopeless suffering*].

CANDIDA   [*bustling him goodnaturedly*] Oh come! You great baby, you! You are worse than usual this morning. Why were you so melancholy as we came along in the cab?

---

48) with a start: 깜짝 놀라서

캔디다 (웃으며) 이런, 유진? (그는 깜짝 놀라서 돌아보고, 그리고 열심히 그녀에게 다가가지만, 재미있어 하는 그녀의 표정을 보고 망설이면서 멈춘다.) 우리 아빠를 어떻게 생각하니?

마치뱅크스 전—전 아직, 잘 모르겠어요. 매우 좋은 노신사분인 것 같아요.

캔디다 (온화한 아이러니로) 그럼 프리맨 파운더스 클럽에 그분과 식사하러 갈 거지?

마치뱅크스 (그 말을 아주 진지하게 받아들이며 비참한 표정으로) 네. 그게 사모님을 기쁘게 한다면요.

캔디다 (감동되어서) 유진, 넌 좀 괴팍한 행동에도 불구하고 아주 착한 아이로구나. 네가 우리 아빠 말을 비웃었다손 치더라도 난 개의치 않았겠지만 네가 그를 잘 대해줘서 훨씬 더 네가 맘에 든다.

마치뱅크스 우스운 대목이 있었나요? 그분이 우스운 어떤 말씀을 하신 것 같기도 한데, 전 낯선 사람들과 있으면 매우 불안하고, 재담을 결코 못 알아듣거든요. 매우 죄송해요. (그는 절망적인 고통의 표정으로 팔꿈치를 무릎 위에 놓고 두 주먹으로 관자놀이를 감싸며 소파에 앉는다.)

캔디다 (온후하게 그를 재촉하며) 오, 자! 참 애 같구나, 넌! 넌 오늘 따라 평소보다 기분이 안 좋구나. 함께 택시를 타고 오면서 넌 왜 그렇게 우울했었니?

MARCHBANKS   Oh, that was nothing. I was wondering how much I ought to give the cabman. I know it's utterly silly; but you don't know how dreadful such things are to me — how I shrink from having to deal with strange people. [*Quickly and reassuringly*] But it's all right. He beamed all over and touched his hat when Morell gave him two shillings. I was on the point of offering him ten.

Morell comes back with a few letters and newspapers which have come by the midday post.

CANDIDA   Oh, James dear, he was going to give the cabman ten shillings! Ten shillings for a three minutes drive! Oh dear!

MORELL   [*at the table, glancing through the letters*] Never mind her, Marchbanks. The overpaying instinct is a generous one: better than the underpaying instinct, and not so common.

MARCHBANKS   [*relapsing into dejection*] No: cowardice, incompetence. Mrs Morell's quite right.

CANDIDA   Of course she is. [*She takes up her handbag*]. And now I must leave you to James for the present. I suppose you are too much of a poet to know the state a woman finds her house in when she's been away for three weeks. Give me my rug. [*Eugene takes the strapped rug from the couch, and gives it to her. She takes it in her left hand, having the bag in her right*].

마치뱅크스 오, 아무것도 아니었어요. 택시운전사한테 얼마를 줘야만 하는지 걱정이 돼서요. 그런 짓이 전적으로 어리석다는 건 알지만, 제겐 그런 일이 얼마나 두려운지 ─ 낯선 사람들을 대하면 얼마나 주눅이 드는지 사모님은 모르실 거예요. (재빨리 안심시키며) 그런데 잘 됐어요. 모렐 목사님이 2실링을 주니까 입이 벌어지며 인사하고 갔어요. 전 10실링을 주려고 했거든요.

모렐이 정오까지 배달된 우편물인 몇 통의 편지와 신문을 들고 들어온다.

캔디다 오, 여보, 글쎄 유진이 마부에게 10실링을 주려고 했대요! 고작 3분 주행에 10실링을. 이것 참!

모렐 (테이블에 가서 편지를 훑어보며) 사모님의 말에 신경 쓸 것 없다, 마치뱅크스. 더 주려고 하는 천성은 관대한 것이고, 덜 주려고 하는 천성보다 훨씬 더 좋으며, 게다가 흔치도 않은 일이다.

마치뱅크스 (실의에 빠지면서) 아녜요. 그건 비겁하고 무능한 거예요. 사모님 말씀이 옳아요.

캔디다 물론, 옳고말고. (그녀의 핸드백을 집으며) 그럼 이제 잠시 목사님하고 있으렴. 넌 대단한 시인이기 때문에 주부가 3주나 비워둔 집을 생각하는 상태가 어떤지 알 수가 없을 게다. 그 무릎덮개 좀 집어줄래? (유진은 긴 의자에서 끈으로 묶인 무릎덮개를 집어서 그녀에게 준다. 그녀는 왼손으로 받고 오른손에는 백을 든다.)

Now hang my cloak across my arm. [*He obeys*]. Now my hat. [*He puts it into the hand which has the bag*]. Now open the door for me. [*He hurries before her and opens the door*]. Thanks. [*She goes out; and Marchbanks shuts the door*].

MORELL   [*still busy at the table*] You'll stay to lunch, Marchbanks, of course.

MARCHBANKS   [*scared*] I mustn't. [*He glances quickly at Morell, but at once avoids his frank look, and addsy with obvious disingenuousness*] I mean I can't.

MORELL   You mean you won't.

MARCHBANKS   [*earnestly*] No: I should like to, indeed. Thank you very much. But — but —

MORELL   But — but — but — but — Bosh! If you'd like to stay, stay. If you're shy, go and take a turn in the park and write poetry until half past one; and then come in and have good feed.

MARCHBANKS   Thank you, I should like that very much. But I really musnt. The truth is, Mrs Morell told me not to. She said she didn't think you'd ask me to stay to lunch, but that I was to remember, if you did, that you didn't really want me to. [*Plaintively*] She said I'd understand; but I don't. Please don't tell her I told you.

MORELL   [*drolly*] Oh, is that all? Won't my suggestion that you should take a turn in the park meet the difficulty?

MARCHBANKS   How?

이제 망토를 팔에 얹어다오. (그는 따른다.) 모자도. (백을 든 손에 쥐여준다.) 이번엔 문 좀 열어줄래. (그는 서둘러 가서 문을 연다.) 고마워. (그녀는 나가고, 마치뱅크스는 문을 닫는다.)

모렐   (여전히 테이블에서 분주하다.) 당연히, 점심 들고 가야지, 마치뱅크스.

마치뱅크스   (두려워서) 못해요. (재빨리 모렐을 힐끗 보지만, 즉시 그[모렐]의 정직한 시선을 피하면서 명백하게 거짓말한다.) 제 말은 그럴 수 없다는 거예요.

모렐   싫다는 게로구나.

마치뱅크스   (진심으로) 아뇨. 정말로, 저도 하고 싶습니다. 매우 고맙습니다. 하지만ㅡ하지만ㅡ

모렐   하지만ㅡ하지만ㅡ하지만ㅡ하지만ㅡ허튼소리 마라! 있고 싶으면 있으렴. 수줍어서 그러면 공원에 가서 산책을 하고 1시 반까지 시나 짓다가 들어와서 맛있는 음식을 맘껏 먹으렴.

마치뱅크스   고맙습니다, 저도 아주 그렇게 하고 싶습니다. 하지만 정말로 못해요. 사실은, 사모님께서 저더러 말하지 말라고 하셨는데. 사모님은, 목사님께서 절 점심에 초대하지 않을 것이고, 하지만 혹시 저를 초대하더라도 그게 진심은 아니라고 하셨습니다. (애처롭게) 그리고 저한테 이해하라고 하셨는데 전 이해가 안 돼요. 제가 말했다고 사모님께 말하지 마세요.

모렐   (익살맞게) 오, 그게 다야? 공원에 가서 산책을 하면서 난국에 처해보면 어떻겠니?

마치뱅크스   어떻게요?

MORELL	[*exploding good-humoredly*] Why, you duffer — [*But this boisterousness jars himself as well as Eugene. He checks himself*]. No: I won't put it in that way. [*He comes to Eugene with affectionate seriousness*]. My dear lad: in a happy marriage like ours, there is something very sacred in the return of the wife to her home. [*Marchbanks looks quickly at him, half anticipating his meaning*]. An old friend or a truly noble and sympathetic soul is not in the way on such occasions; but a chance visitor is. [*The hunted horrorstricken expression comes out with sudden vividness in Eugene's face as he understands. Morell, occupied with his own thoughts, goes on without noticing this*]. Candida thought I would rather not have you here; but she was wrong, i'm very fond of you, my boy; and I should like you to see for yourself[49] what a happy thing it is to be married as I am.
MARCHBANKS	Happy! Your marriage! You think that! You believe that!
MORELL	[*buoyantly*] I know it, my lad. Larochefoucauld said that there are convenient marriages but no delightful ones. You don't know the comfort of seeing through and through a thundering liar and rotten cynic like that fellow. Ha! Ha! Now, off with you[50] to the park, and write your poem. Half past one, sharp, mind: we never wait for anybody.

---

49) see for yourself: 직접 보다[확인하다]

50) Off with you!: 저리 가버려, 꺼져

모렐   (갑자기 사근사근하게) 이런, 바보 같이—(하지만 이러한 거친 표현에 유진
은 물론 그 또한 거슬린다. 그는 자제한다.) 아니다. 내 말은 말이다. (유진
에게 다가가 다정한 진지함으로) 들어봐라. 우리처럼 행복한 결혼생활을
하는 부부에게는 부인이 여행에서 집에 돌아오는 것에 매우 각별한
의미가 있단다. (마치뱅크스는 재빨리 그를 바라보고 그의 뜻을 반쯤 헤아린
다.) 그 경우에 오랜 친구나 참으로 점잖고 다정한 사람은 무난하지
만, 우연한 방문객은 방해가 된단다. (유진이 그의 말뜻을 이해하자 유진
의 얼굴에 쫓기는 듯 공포에 질린 표정이 갑자기 뚜렷해진다. 그 자신의 생각에
몰입된 모렐은 이를 알아차리지 못한 채 계속한다.) 내 아내는 그래서 내가
널 점심에 초대하고 싶어 하지 않을 것으로 생각했겠지만 틀렸다.
얘야, 난 너를 매우 좋아하기 때문에, 난 나처럼 결혼하는 것이 얼
마나 행복한 일인지를 네가 직접 확인하기를 원했다.

마치뱅크스 행복하시다고요! 목사님의 결혼이! 그렇게 생각하세요! 그렇다고 믿
으시고요!

모렐   (자신감 있게) 얘야, 믿는 게 아니라 실제로 그렇다니까. 라로슈코프
[1613~1680 프랑스의 작개는 편리한 결혼은 있어도 만족스러운 결
혼은 없다고 말했지. 그런 얼간이가 허풍스러운 거짓말쟁이이고 형
편없는 냉소주의인지를 속속들이 간파할 수 있는 것이 얼마나 위
로가 되는지 넌 모를게다. 하! 하! 이제, 공원에 가서 시나 쓰렴. 정
확하게 1시 반까지 돌아와야만 한다. 우린 결코 아무도 기다리지
않는다.

MARCHBANKS	[*wildly*] No: stop: you shan't. I'll force it into the light.
MORELL	[*puzzled*] Eh? Force what?
MARCHBANKS	I must speak to you. There is something that must be settled between us.
MORELL	[*with a whimsical glance at his watch*] Now?
MARCHBANKS	[*passionately*] Now. Before you leave this room. [*He retreats a few steps, and stands as if to bar Morell's way to the door*].
MORELL	[*without moving, and gravely, perceiving now that there is something serious the matter*] I'm not going to leave it, my dear boy! I thought you were. [*Eugene, baffled by his firm tone, turns his back on him, writhing with anger. Morell goes to him and puts his hand on his shoulder strongly and kindly, disregarding his attempt to shake it off*]. Come: sit down quietly; and tell me what it is: And remember: we are friends, and need not fear that either of us will be anything but patient and kind to the other, whatever we may have to say.
MARCHBANKS	[*twisting himself round on him*] Oh, I am not forgetting myself[51]: I am only [*covering his face desperately with his hands*] full of horror. [*Then, dropping his hands, and thrusting his face forward fiercely at Morell, he goes on threateningly*]. You shall see whether this is a time for patience and kindness. [*Morell, firm as a rock, looks indulgently at him*]. Don't look at me in that self-complacent way. You think yourself stronger than I am; but I shall stagger you if you have a heart in your breast.

---

51) forget oneself: 자기 분수를 잊다, 제 주제를 모르다, 분수에 맞지 않는 말을 하다

마치뱅크스 (거칠게) 아뇨. 잠깐만요! 그만두세요! 밝혀야겠어요.

모렐 (어리둥절해하며) 에? 뭘 밝혀?

마치뱅크스 꼭 말할 게 있어요. 우리 사이에 해결되어야만 할 일이 있어요.

모렐 (자신의 시계를 종잡을 수 없는 눈길로 바라보며) 지금 말이냐?

마치뱅크스 (열정적으로) 지금요. 이 방을 나가시기 전에요. (그는 몇 발자국 물러서서 모렐이 문으로 가지 못하게라도 할 것처럼 서있다.)

모렐 (그 자리에 서서, 그리고 진지하게, 뭔가 심각한 문제가 있음을 감지하면서) 방에서 나가려는 사람은 내가 아니야! 너라고 생각했는데. (유진은, 그의 강한 어조에 당황해서, 분노로 몸부림치며 그에게 등을 돌린다. 모렐은 그에게 다가가, 그가 손을 밀쳐내려고 해도 무시한 채, 그의 어깨에 힘주어 그리고 친절하게 손을 얹는다.) 자. 침착하게 앉아서 무슨 일인지 말해봐라. 그리고 우리가 무슨 말을 해야만 할지라도, 우린 친구 사이이고, 서로에게 인내하고 친절하게 대하는 것을 유념하자.

마치뱅크스 (그에게로 돌아서며) 오, 제 주제를 알고 있습니다. 다만 (절망적으로 손으로 얼굴을 감싸며) 전 공포로 가득 차있을 뿐이에요. (그리고, 손을 내리고, 그의 얼굴을 강하게 모렐을 향해 내밀며, 협박조로 계속해서 말한다.) 지금 이 인내와 친절을 보일 때인지는 아시게 되겠죠. (모렐은, 바위처럼 견고하지만, 너그럽게 그를 바라본다.) 저보다 더 강하다고 생각하시겠지만 인정을 베풀면 저는 목사님을 깜짝 놀라게 할 겁니다.

MORELL	[*powerfully confident*] Stagger me, my boy. Out with it[52].
MARCHBANKS	First –
MORELL	First?
MARCHBANKS	I love your wife.

Morell recoils, and, after staring at him for a moment in utter amazement, bursts into uncontrollable laughter. Eugene is taken aback[53]; but not disconcerted; and he soon becomes indignant and contemptuous.

MORELL	[*sitting down to have his laugh out*] Why, my dear child, of course you do. Everybody loves her: they can't help it. I like it. But [*looking up jocosely at him*] I say, Eugene: do you think yours is a case to be talked about? You're under twenty: she's over thirty. Doesn't it look rather too like a case of calf love?
MARGHBANKS	[*vehemently*] You dare say that of her! You think that way of the love she inspires! It is an insult to her!
MORELL	[*rising quickly, in an altered tone*] To her! Eugene: take care. I have been patient. I hope to remain patient. But there are some things I won't allow. Don't force me to shew you the indulgence I should shew to a child. Be a man.

---

52) Out with it!: 다 말해버려, 말해라!

53) be taken aback (by somebody/something): (-에) 깜짝 놀라다[충격을 받다]

모렐	(강력하게 확신에 차서) 얘야, 나를 깜짝 놀라게 할 거라고. 말해봐라.
마치뱅크스	첫째 —
모렐	첫째?
마치뱅크스	전 사모님을 사랑합니다.

모렐은 움찔하며, 그리고, 극도의 놀람 속에서 잠시 동안 그를 물끄러미 바라본 후, 주체할 수 없는 웃음을 터뜨린다. 유진은 깜짝 놀란다. 그러나 당황해하지 않는다. 그리고 곧 분개하며 경멸적으로 화한다.

모렐	(웃음을 거두고 앉으며) 아니, 얘야, 물론 그렇지. 모두 다 내 아내를 사랑하지. 사랑하지 않을 수 없지. 난 그게 좋아. 그런데 (익살스럽게 그를 바라보며) 내 말은, 유진. 네 경우는 특별하다고 생각하니? 넌 스무 살도 안 됐고 내 아내는 서른이 넘었어. 이거야말로 풋사랑의 경우가 아닐까?
마치뱅크스	(격렬하게) 감히 그분에 대해서 그런 말씀을 하세요! 사모님께서 고작 그런 식의 사랑을 구가할 사람이라고 생각하세요! 그건 그분에 대한 모욕입니다!
모렐	(재빨리 일어나, 다른 어조로) 그분에 대해서! 유진. 조심해라. 난 참고 있다. 계속 참을 수 있기를 바란다. 하지만 나도 용납하지 못하는 것들이 있단다. 그러니 나로 하여금 어린애에게나 보여주는 관용을 너에게 보여주게는 하지 마라. 남자답게 굴어라.

MARCHBANKS   [*with a gesture as if sweeping something behind him*] Oh, let us put aside all that can't. It horrifies me when I think of the doses of it she has had to endure in all the weary years during which you have selfishly and blindly sacrificed her to minister to your self-sufficiency: you! [*turning on him*] Who have not one thought — one sense — in common with her.

MORELL   [*philosophically*] She seems to bear it pretty well. [*Looking him straight in the face*] Eugene, my boy: you are making a fool of yourself: a very great fool of yourself. There's a piece of wholesome plain speaking for you. [*He knocks in the lesson with a nod in his old way, and posts himself on the hearth-rug, holding his hands behind him to warm them*].

MARCHBANKS   Oh, do you think I don't know all that? Do you think that the things people make fools of themselves about are any less real and true than the things they behave sensibly about? [*Morell's gaze wavers for the first time. He forgets to warm his hands, and stands listening, startled and thoughtful*]. They are more true: they are the only things that are true. You are very calm and sensible and moderate with me because you can see that I am a fool about your wife; just as no doubt that old man who was here just now is very wise over your Socialism, because he sees that you are a fool about it. [*Morell's perplexity deepens markedly. Eugene follows up his advantage, plying him fiercely with questions*].

마치뱅크스 (마치 그의 뒤에 감추어진 어떤 것을 쓸어버릴 듯한 몸짓을 하며) 오, 모든 그 따위 위선일랑 집어치웁시다. 목사님께서 목사님의 자기만족을 위해 사모님을 이기적이고 맹목적으로 희생시켰던 모든 그 권태로운 세월 동안 그분이 견디지 않으면 안 되었던 위선들을 생각하면 몸서리가 칩니다. 목사님! (그를 향해) 목사님은 단 하나의 생각, 다시 말해 단 하나의 느낌에서도 사모님과 공통점을 가지고 있지 않습니다.

모렐 (철학적으로) 난 아내가 대체로 잘 견디고 있다고 생각한다. (유진의 얼굴을 똑바로 쳐다보며) 유진, 얘야. 넌 너 자신을 바보로 만들고 있어. 매우 큰 바보로 말이야. 더 알아듣기 쉬운 말로 해줄까? (그는 예전 방식으로 고개를 끄덕이며 설교하듯 말하며, 벽난로로 가서 양손을 뒤로 쥐고 불을 쬔다.)

마치뱅크스 오, 제가 그 모든 걸 모른다고 생각하세요? 사람들이 스스로를 바보로 만드는 행동들이 분별 있게 하는 행동들보다 덜 솔직하고 덜 진실한 것이라고 생각하세요? (모렐의 시선이 처음으로 흔들린다. 손을 덥히는 것도 잊고서 놀라고 생각에 잠겨 선 채로 듣는다.) 스스로 바보로 만드는 행동들이야말로 더 진실하며, 그것들만이 오직 진실한 행동들입니다. 목사님께서는 제가 사모님께 바보처럼 행동한다는 걸 알 수 있기 때문에 제게 매우 침착하고 분별 있고 온건하죠. 마치, 의심할 여지없이, 방금 여기 계셨던 그 노인[버게스]이 목사님이 사회주의에 바보처럼 빠져 있다는 걸 알기 때문에 목사님의 사회주의 사상을 우습게보았던 것과 꼭 마찬가지로 말예요. (모렐의 당혹감이 눈에 띄게 짙어진다. 유진은 그의 유리한 점을 살려서 그에게 맹렬하게 질문을 퍼붓는다.)

Does that prove you wrong? Does your complacent superiority to me prove that I am wrong?

MORELL   Marchbanks: some devil is putting these words into your mouth. It is easy — terribly easy — to shake a man's faith in himself. To take advantage of that to break a man's spirit is devil's work. Take care of what you are doing. Take care.

MARCHBANKS   [*ruthlessly*] I know. I'm doing it on purpose. I told you I should stagger you.

They confront one another threateningly for a moment. Then Morell recovers his dignity.

MORELL   [*with noble tenderness*] Eugene: listen to me. Some day, I hope and trust, you will be a happy man like me. [*Eugene chafes intolerantly, repudiating the worth of his happiness. Morell, deeply insulted, controls himself with fine forbearance, and continues steadily with great artistic beauty of delivery*]. You will be married; and you will be working with all your might and valor to make every spot on earth as happy as your own home. You will be one of the makers of the Kingdom of Heaven on earth; and — who knows? — you may be a master builder where I am only a humble journeyman; for don't think, my boy, that I cannot see in you, young as you are, promise of higher powers than I can ever pretend to.

그것이 목사님이 틀렸다는 증거가 될 수 있을까요? 목사님이 제게 행하는 자기만족적인 우월성이 제가 틀렸다는 증거가 될 수 있을까요?

모렐 마치뱅크스, 넌 악마들이나 하는 말들을 내뱉고 있구나. 타인의 신념을 흔드는 것은 쉽지, 지독하게 쉬운 일이야. 인간의 영혼을 파괴하는 그런 짓으로 이득을 얻는 행위는 악마나 하는 짓이다. 너의 행동거지를 조심해라, 조심하라고.

마치뱅크스 (사정없이) 저도 알아요. 전 일부러 그러고 있어요. 제가 목사님을 깜짝 놀라게 하겠다고 말했잖아요.

그들은 잠시 동안 서로를 협박하듯 마주선다. 이내 모렐이 위엄을 되찾는다.

모렐 (상냥하게) 유진, 내 말 좀 들어봐. 언젠가, 난 네가 나처럼 행복한 사람이 되기를 희망하고 그렇게 믿는다. (유진은 참을 수 없게 짜증을 내는데, 그가 말하는 행복의 가치를 거부한다. 모렐은, 심하게 모욕감을 느끼지만, 관용으로 잘 참으며, 대단히 예술적이고 아름다운 말솜씨로 계속해서 말한다.) 너도 결혼하게 될 것이다. 그러면 넌 너의 모든 힘과 용기를 경주해서 세상의 모든 곳을 너의 집처럼 행복하게 만들려고 일할 것이다. 넌 지상에 하나님의 왕국을 건설하는 일꾼의 한 사람이 될 것이다. 누가 알겠니? 난 단지 변변치 않은 장인(匠人)에 불과하지만 너야말로 도편수(都遍首)가 될지? 그러니 얘야, 네가 아직은 어릴지라도, 너의 내부에는 나로서는 상상조차 할 수 없는 보다 지고한 힘의 징조가 있음을 내가 모른다고 생각하지 말아라.

I well know that it is in the poet that the holy spirit of man — the god within him — is most godlike. It should make you tremble to think of that — to think that the heavy burthen and great gift of a poet may be laid upon you.

MARCHBANKS [*unimpressed and remorseless, his boyish crudity of assertion telling sharply against Morell's oratory*] It does not make me tremble. It is the want of it in others that makes me tremble.

MORELL [*redoubling his force of style under the stimulus of*[54] *his genuine feeling and Eugene's obduracy*] Then help to kindle it in them — in me — not to extinguish it. In the future, when you are as happy as I am, I will be your true brother in the faith. I will help you to believe that God has given us a world that nothing but our own folly keeps from being a paradise. I will help you to believe that every stroke of your work is sowing happiness for the great harvest that all — even the humblest — shall one day reap. And last, but trust me, not least[55], I will help you to believe that your wife loves you and is happy in her home. We need such help, Marchbanks: we need it greatly and always. There are so many things to make us doubt, if once we let our understanding be troubled.

---

54) under the stimulus of: —의 자극을 받아

55) last but not least: 마지막으로 그러나 역시 주요한 것이지만

인간의 성령, 다시 말해서 인간에 내재된 신성은 가장 신과 같은데 그것이 바로 시인의 가슴 속에 깃들어 있다는 사실을 나는 잘 안다. 그걸 생각하면, 시인으로서의 막중한 책임과 엄청난 재능이 네게 부여되어 있다는 것을 생각하면 네 몸이 떨릴 것이다.

마치뱅크스 (모렐의 웅변에 반대하여 소년 같은 상스러움으로 예리하게 주장하면서, 감동 받지 않고 가차 없이) 그것 때문에 제가 떨리진 않아요. 저를 떨리게 하는 것은 바로 남들에게서 그런 부족함을 발견할 때죠.

모렐 (자신의 진정한 기분과 유진의 완고함에 자극받아 표현력을 배가하여) 그렇다 면 그런 신성이 남들에게, 즉 내게 깃들도록 도와야지 그걸 없애서는 안 된다. 미래에, 네가 나처럼 행복해지면, 난 너를 신뢰하는 진정한 동반자가 되겠다. 난 신이 주신 이 세상이 우리 자신의 어리석음 때문에 천국이 되지 못하고 있다는 것을 네가 믿도록 돕고 싶다. 난 네가 하는 모든 일들이 언젠가는 모두가—심지어 가장 미천한 사람들조차도 함께 거둬들일 풍성한 수확을 위한 행복의 씨앗임을 네가 믿도록 하고 싶다. 그리고 마지막으로 그러나 역시 주요한 것이지만, 네 아내는 너를 사랑하며 그녀의 가정에서 행복할 것이라는 것을 네가 믿도록 난 돕고 싶다. 우리는 그러한 도움이 필요하다, 마치뱅크스. 엄청나게 그리고 항상 필요하다. 우리가 일단 오해를 하게 되면 수많은 의혹들이 생긴다.

Even at home, we sit as if in camp, encompassed by a hostile army of doubts. Will you play the traitor and let them in on[56] me?

MARCHBANKS [*looking round wildly*] Is it like this for her here always? A woman, with a great soul, craving for reality, truth, freedom; and being fed on metaphors, sermons, stale perorations, mere rhetoric. Do you think a woman's soul can live on your talent for preaching?

MORELL [*stung*] Marchbanks: you make it hard for me to control myself. My talent is like yours insofar as it has any real worth at all. It is the gift of finding words for divine truth.

MARCHBANKS [*impetuously*] It's the gift of the gab, nothing more and nothing less[57]. What has your knack of fine talking to do with the truth, any more than playing the organ has? I've never been in your church; but I've been to your political meetings; and I've seen you do what's called rousing the meeting to enthusiasm[58]: that is, you excited them until they behaved exactly as if they were drunk. And their wives looked on and saw what fools they were. Oh, it's an old story: you'll find it in the Bible. I imagine King David, in his fits of enthusiasm, was very like you. [*Stabbing him with the words*] 'But his wife despised him in her heart.'

---

56) let a person in on: [비밀 따위]를 남에게 누설하다[알려주다], 남을 [계획 따위]에 끼워주다
57) nothing more and nothing less: ―와 다름없다, 그 이상도 그 이하도 아니다
58) rouse to enthusiasm: 열광시키다

심지어 집에서조차, 우리는 전장의 막사에서처럼, 의혹의 적들로 둘러싸여 앉아 있다. 네가 반역자가 되어 그 적들에게 나를 누설할 거니?

마치뱅크스 (홱 돌아보며) 이 집에서는 사모님께 항상 이런 식으로 대하시나요? 위대한 영혼을 지닌, 현실과 진리와 자유를 열망하는 여인이 이런 식의 은유, 설교, 진부하고 장황한 연설, 미사여구를 먹고 살아야만 하다니요. 여성의 영혼이 목사님의 설교 재주만 먹고 살 수 있다고 생각하십니까?

모렐 (기분이 상해서) 유진, 네가 나를 자제하기 힘들게 만드는구나. 내 재주가 실로 어떤 진실한 가치를 갖는 한 너의 재주나 다를 바가 없다. 그것은 신성한 진리를 표현하기 위한 단어를 찾는 재주이다.

마치뱅크스 (격렬하게) 그건 수다쟁이의 재주 그 이상도 그 이하도 아니에요. 목사님의 그럴듯한 말재주가 진리와 무관한 것은 마치 오르간 연주가 진리와 무관한 것과 마찬가지죠. 전 목사님의 교회에서 결코 예배를 본 적은 없습니다. 하지만 목사님이 참석한 정치 집회에는 가본 적은 있습니다. 전 목사님이 그 집회를 소위 열광시키는 걸 봤어요. 말하자면, 목사님은 마치 남자들이 정확하게 술에 취한 듯이 행동할 때까지 그들을 자극했지요. 그들의 아내들은 그 꼴을 보고 남편들을 바보라고 생각했겠죠. 오, 그건 흔한 이야기죠. 성경에도 나오는. 전 흥분의 절정에 도달한 다윗 왕이 목사님과 매우 닮았다는 생각이 들었어요. (말을 비수처럼 사용하며) "하지만 그의 부인은 그를 내심으로 경멸했노라."

MORELL   [*wrathfully*] Leave my house. Do you hear? [*He advances on him threateningly*].

MARCHBANKS   [*shrinking back against the couch*] Let me alone. Don't touch me. [*Morell grasps him powerfully by the lappet of his coat: he cowers down on the sofa and scream passionately*]. Stop, Morell: if you strike me, I'll kill myself: I won't bear it. [*Almost in hysterics*] Let me go. Take your hand away.

MORELL   [*with slow emphatic scorn*] You little snivelling, cowardly whelp. [*He releases him*]. Go, before you frighten yourself into a fit.

MARCHBANKS   [*on the sofa, gasping, but relieved by the withdrawal of Morell's hand*] I'm not afraid of you: it's you who are afraid of me.

MORELL   [*quietly, as he stands over him*] It looks like it, doesn't it?

MARCHBANKS   [*with petulant vehemence*] Yes, it does. [*Morell turns away contemptuously. Eugene scrambles to his feet[59] and follows him*]. You think because I shrink from being brutally handled – because [*with tears in his voice*] I can do nothing but cry with rage when I am met with violence – because I can't lift a heavy trunk down from the top of a cab like you – because I can't fight you for your wife as a drunken navvy would: all that makes you think I'm afraid of you. But you're wrong.

---

59) scramble to one's feet: 허겁지겁[허둥지둥] 일어나다

모렐 (분노하여) 내 집에서 나가! 내 말 듣고 있어? (위협적으로 그에게 다가간다.)

마치뱅크스 (긴 의자에 기대어 움츠리며) 오지 마세요. 날 건드리지 말아요. (모렐이 그의 외투자락을 강하게 움켜잡는다. 유진은 소파에 몸을 웅크리며 격렬하게 비명을 지른다.) 그만해요, 목사님. 만약 나를 때리면, 전 죽어버릴 거예요. (거의 히스테리가 되어서) 놔요. 손 치우란 말이에요.

모렐 (천천히 힘주어 조소하며) 못나고 칭얼대는 비겁한 어린놈 같으니. (그를 풀어준다.) 가버려, 놀라서 경련을 일으키기 전에.

마치뱅크스 (소파에서, 헐떡이지만, 모렐의 손에서 풀려난 것에 안도하며) 전 목사님이 두렵지 않아요. 저를 두려워하는 사람이 바로 목사님이죠.

모렐 (조용히, 서서 그를 내려다보며) 내가 널 두려할 것 같다고, 그럴까?

마치뱅크스 (심통 사나운 격렬함으로) 네. 그렇고말고요. (모렐, 멸시하듯 돌아선다. 유진, 허겁지겁 일어나서 그를 따라간다.) 목사님께서는, 제가 난폭하게 취급받는 것을 겁내고, (목소리에 울음이 섞이며) 폭력에 직면할 때 그저 화나서 울기만 할 뿐이며, 목사님처럼 택시 지붕에서 무거운 트렁크도 내릴 수 없고, 술 취한 인부들이 하듯이 사모님을 위해서 목사님과 싸우지도 못하기 때문에, 모든 이러한 이유로 인해 제가 목사님을 두려워한다고 생각하십니다. 하지만 목사님이 틀렸습니다.

If I haven't got what you call British pluck, I haven't British cowardice either: I'm not afraid of a clergyman's ideas. I'll fight your ideas. I'll rescue her from her slavery to them. I'll pit my own ideas against them. You are driving me out of the house because you daren't let her choose between your ideas and mine. You are afraid to let me see her again. [*Morell, angered, turns suddenly on him. He flies to the door in involuntary dread*]. Let me alone, I say. I'm going.

MORELL   [*with cold scorn*] Wait a moment: I am not going to touch you: don't be afraid. When my wife comes back she will want to know why you have gone. And when she finds that you are never going to cross our threshold again, she will want to have that explained too. Now I don't wish to distress her by telling her that you have behaved like a blackguard.

MARCHBANKS   [*coming bock with renewed vehemence*] You shall. You must. If you give any explanation but the true one, you are a liar and a coward. Tell her what I said; and how you were strong and manly, and shook me as a terrier shakes a rat; and how I shrank and was terrified; and how you called me a snivelling little whelp and put me out of the house. If you don't tell her, I will: I'll write it to her.

MORELL   [*puzzled*] Why do you want her to know this?

비록 제가 소위 영국식 용기를 지니지 못했을지라도 영국식 비겁함을 지니고 있지는 않습니다. 전 성직자의 견해를 두려워하지 않습니다. 전 목사님의 견해에 맞설 겁니다. 전 그 주장들에 예속된 사모님을 구할 겁니다. 전 목사님의 주장과 제 주장을 겨루게 할 겁니다. 목사님은 사모님이 저와 목사님의 주장 사이에서 선택하는 것을 허용하지 못하기 때문에 저를 집 밖으로 내쫓으려고 합니다. 제가 다시 사모님을 만나는 걸 허용하는 것이 두려운 거예요. (모렐이 분노하여 갑자기 그에게 달려든다. 그는 자신도 모르는 두려움 속에서 문 쪽으로 아주 빨리 간다.) 날 내버려두세요, 제발. 전 갈 거예요.

모렐   (차갑게 경멸하며) 잠깐 기다려라. 널 건드리지 않을 테니. 두려워하지 마라. 아내가 돌아오면 네가 떠난 이유를 알고 싶어 할 것이다. 더구나 네가 결코 다시는 우리 집 문턱을 넘지 않을 것이라는 걸 아내가 알게 되면, 아내는 또한 그 해명을 듣고 싶어 할 것이다. 지금 난 네가 망나니 같은 행동을 했다고 아내에게 말을 해서 아내에게 걱정을 끼치고 싶지는 않다.

마치뱅크스   (분노하여 되돌아오며) 얘기하세요. 하셔야만 돼요. 진실을 말하지 않으면 목사님은 거짓말쟁이고 비겁한 사람이죠. 제가 말한 것을 그대로 말하세요. 그리고 목사님께서 얼마나 강하고 사나이다웠고, 마치 테리어 개가 쥐를 흔들어대듯 절 닦달했으며, 제가 얼마나 움츠러들고 무서워했고, 그리고 절 칭얼대는 비겁한 어린놈이라고 욕하며 문밖으로 쫓아낸 것도요. 만약에 목사님이 사모님에게 말하지 않는다면, 제가 할 거예요. 제가 사모님에게 그걸 편지로 쓰겠어요.

모렐   (어리둥절해하며) 왜 넌 내 아내가 그걸 알기를 원하느냐?

MARCHBANKS [*with lyric rapture*] Because she will understand me, and know that I understand her. If you keep back one word of it from her[60] — if you are not ready to lay the truth at her feet[61] as I am — then you will know to the end of your days that she really belongs to me and not to you. Goodbye. [*Going*].

MORELL [*terribly disquieted*] Stop: I will not tell her.

MARCHBANKS [*turning near the door*] Either the truth or a lie you must tell her, if I go.

MORELL [*temporizing*] Marchbanks: it is sometimes justifiable —

MARCHBANKS [*cutting him short*] I know: to lie. It will be useless. Goodbye, Mr Clergyman.

As he turns to the door, it opens and Candida enters in her housekeeping dress.

CANDIDA Are you going, Eugene? [*Looking more observantly at him*] Well, dear me, just look at you, going out into the street in that state! You are a poet, certainly. Look at him, James! [*She takes him by the coat, and brings him forward, shewing him to Morell*]. Look at his collar! Look at his tie! Look at his hair! One would think somebody had been throttling you. [*Eugene instinctively tries to look round at Morell; but she pulls him back*]. Here! Stand still.

---

60) keep back A from B: B로부터 A를 숨기다
61) lay something at one's feet: 갖다 바치다, 진상하다

마치뱅크스	(완전히 감정에 몰입되어) 왜냐하면 그분은 절 이해하실 것이고, 저 또한 그분을 이해한다는 것을 아시기 때문이죠. 만약에 목사님이 그분에게 한 마디라도 숨긴다면—전 준비가 되어있지만 만약에 목사님이 그분에게 진실을 진상할 준비가 되어있지 않다면—그러면 목사님은 일평생 사모님이 목사님이 아니라 정말로 제게 속한다는 것을 알게 되실 겁니다. 안녕히 계세요. (간다.)
모렐	(극도로 불안해져서) 잠깐. 난 아내에게 말하지 않겠다.
마치뱅크스	(문가에서 돌아서며) 제가 간 뒤에, 목사님은 사모님에게 진실이든 거짓이든 말하지 않을 수 없겠죠.
모렐	(임시변통으로) 유진, 하지만 때로는 정당화 될 수도—
마치뱅크스	(그의 말을 가로막으며) 전 알아요. 거짓말이 그렇다는 거죠. 하지만 소용없을 겁니다. 안녕히 계세요, 목사님.

그가 문으로 향하자, 문이 열리고 캔디다가 평상복 차림으로 들어온다.

캔디다	유진. 너 가는 거니? (보다 주의 깊게 그를 살펴보고) 아니, 이런, 너를 좀 봐라, 이런 꼴로 거리로 나가려고 하다니! 더구나, 시인이면서. 여보, 유진을 좀 봐요! (그녀는 유진의 외투를 붙잡고 그를 앞으로 데리고 가서 모렐에게 그를 보여준다.) 칼라 좀 보세요! 타이도 보시고! 머리도요! 누군가 널 목을 졸라 죽이려고 했다고 생각하겠구나. (유진은 본능적으로 모렐을 돌아보려고 한다. 하지만 그녀가 그를 뒤로 잡아당긴다.) 자! 가만히 있어.

[*She buttons his collar; ties his neckerchief in a bow*[62]*; and arranges his hair*]. There! Now you look so nice that I think you'd better stay to lunch after all, though I told you you mustn't. It will be ready in half an hour. [*she puts a final touch to the bow. He kisses her hand*]. Don't be silly.

MARCHBANKS   I want to Stay, of course; unless the reverend gentleman your husband has anything to advance to the contrary.

CANDIDA   Shall he stay, James, if he promises to be a good boy and help me to lay the table?

MORELL   [*shortly*] Oh yes, certainly: he had better. [*He goes to the table and pretends to busy himself with*[63] *his papers there*].

MARCHBANKS   [*offering his arm to Candida*] Come and lay the table. [*She takes it. They go to the door together. As they pass out he adds*]. I am the happiest of mortals.

MORELL   So was I — an hour ago.

---

62) tie in a bow: 나비 모양으로 매다
63) busy oneself with: ㅡ로 바삐 움직이다[종사하다]

(그녀는 그의 칼라의 단추를 채운다. 네커치프를 나비모양으로 매준다. 그리고 머리도 매만져준다.) 자! 이제 네가 매우 멋져져서 난 어쨌든 네가 점심을 들고 가도 좋겠다는 생각이 드는구나, 내가 너에게 안 된다고 말을 했었지만. 30분이면 준비가 될 거야. (마지막으로 나비네커치프를 매만진다. 그는 그녀의 손에 입을 맞춘다.) 말 들어야지.

마치뱅크스 물론, 저도 함께하고 싶어요. 사모님의 부군이신 목사님이 그 반대를 보여주는 어떤 일을 하지 않으시면요.

캔디다 여보, 머물러도 되겠죠, 유진이 착하게 굴고 내가 식탁 차리는 일을 돕겠다고 약속하면요?

모렐 (간단히) 오 예, 그럼요. 유진이랑 같이 하게요. (테이블로 가서 그곳에서 서류에 종사하는 척한다.)

마치뱅크스 (캔디다에게 그의 팔을 내밀며) 가서 식탁 차리게요. (캔디다는 유진의 팔을 잡는다. 그들은 함께 문으로 간다. 그들이 나가면서 유진은 부연한다.) 전 이 세상에서 가장 행복한 사람이에요.

모렐 나도 그랬지─한 시간 전까지만 해도.

ACT II

The same day later in the afternoon. The same room. The chair for visitors has been replaced at the table. Marchbanks, alone and idle, is trying to find out how the typewriter works. Hearing someone at the door, he steals guiltily away to[1] the window and pretends to be absorbed in the view. Miss Garnett, carrying the notebook in which she takes down Morell's letters in shorthand from his dictation[2], sits down at the typewriter and sets to work transcribing them, much too busy to notice Eugene. When she begins the second line she stops and stares at the machine. Something wrong evidently.

PROSERPINE   Bother! You've been meddling with[3] my typewriter, Mr Marchbanks; and there's not the least use in your trying to look as if you hadn't.

MARCHBANKS   [*timidly*] I'm very sorry, Miss Garnett. I only tried to make it write. [*Plaintively*] But it wouldn't.

PROSERPINE   Well, you've altered the spacing.

MARCHBANKS   [*earnestly*] I assure you I didn't. I didn't indeed. I only turned a little wheel. It gave a sort of click.

---

1) steal away to: ―로 몰래 떠나다

2) take down from dictation: 말을 받아쓰다

3) meddle with: 관여, 간섭, 참견하다

2막

같은 날 더 늦은 오후. 같은 방. 방문객을 위한 의자가 테이블에서 교체되었다. 유진이 혼자서 한가롭게 타자기 작동법을 찾기 위해 노력 중이다. 인기척이 들리자 그는 죄지은 듯 창가로 몰래가서 경치에 몰입된 척 한다. 미스 프로서핀 가넷이 모렐이 불러준 편지를 속기로 받아 쓴 노트를 가져와서 타자기 앞에 앉아 그것들을 옮기는 일에 착수하는데, 너무 바쁜 나머지 유진의 존재를 눈치 채지 못한다. 둘째 줄을 치려고 하다가 멈추고 기계를 응시한다. 분명히 뭔가가 잘못되었다.

프로서핀   지긋지긋해! 마치뱅크스 씨, 내 타자기 건드렸죠? 아닌 것처럼 보이려고 해봤자 전혀 소용없어요.

마치뱅크스   (겁이 나서) 아, 미안해요, 미스 가넷. 난 단지 어떻게 치는지나 알려고 했는데. (처량하게) 그런데 안 되던데요.

프로서핀   글쎄, 간격을 바꿔놨잖아요.

마치뱅크스   (간곡하게) 아녜요. 정말로 아닙니다. 난 그냥 작은 바퀴만 돌렸는걸요. 딸깍하는 소리만 났어요.

PROSERPINE	Oh, now I understand. [*She restores the spacing, talking volubly all the time*]. I suppose you thought it was a sort of barrel-organ. Nothing to do but turn the handle, and it would write a beautiful love letter for you straight off, eh?
MARCHBANKS	[*seriously*] I suppose a machine could be made to write love letters. They're all the same, aren't they?
PROSERPINE	[*somewhat indignantly: any such discussion, except by way of pleasantry, being outside her code of manners*] How do I know? Why do you ask me?
MARCHBANKS	I beg your pardon. I thought clever people — people who can do business and write letters and that sort of thing — always had to have love affairs to keep them from going mad.
PROSERPINE	[*rising, outraged*] Mr Marchbanks! [*She looks severely at him, and marches majestically to the bookcase*].
MARCHBANKS	[*approaching her humbly*] I hope I haven't offended you. Perhaps I shouldn't have alluded to your love affairs.
PROSERPINE	[*plucking a blue book from the shelf and turning sharply on him*] I haven't any love affairs. How dare you say such a thing? The idea!⁴⁾ [*She tucks the book under her arm, and is flouncing back to her machine when he addresses her with awakened interest and sympathy*].
MARCHBANKS	Really! Oh, then you are shy, like me.
PROSERPINE	Certainly I am not shy. What do you mean?

---

4) The (very) idea!: 원, 설마, 그건 말도 안 돼!

프로서핀   오, 이제 알았어요. (간격을 다시 바꾸고, 입심 좋게 말을 계속한다.) 그러니 까 이 바퀴를 손풍금으로 생각했군요. 그저 손잡이만 돌리면 그 바 퀴가 당신을 위한 아름다운 연애편지를 즉석에서 쓰는 줄 알았나 보죠, 네?

마치뱅크스   (진지하게) 연애편지를 쓰는 기계가 만들어질 수 있겠죠. 그러면 내용 이 모두 똑같지 않겠어요?

프로서핀   (사교적인 인사를 제외하고는 그런 식의 어떤 대화가 그녀가 생각하는 예의범절 을 벗어나기 때문에 약간 화를 내며) 내가 어떻게 알아요? 왜 내게 묻죠?

마치뱅크스   죄송해요. 난 다만 업무에 능하고 편지 등을 잘 쓰는 영리한 사람들 은 미치지 않기 위해서 항상 연애를 해야만 한다고 생각했거든요.

프로서핀   (화가 나서, 일어나며) 마치뱅크스 씨! (그를 매섭게 바라보고, 당당하게 책장 으로 걸어간다.)

마치뱅크스   (그녀에게 공손히 다가가며) 기분 상하지 않으셨길 바라요. 아마도 내가 당신의 연애 얘기를 언급하지 말았어야 했어요.

프로서핀   (책장에서 의정보고서를 꺼내고 매섭게 그를 돌아보며) 난 어떤 연애도 하고 있지 않아요. 어떻게 그런 소릴 해요? 말도 안 돼! (그녀는 그 책을 겨 드랑이에 끼고 여봐란듯이 다시 타자기 앞으로 돌아가고, 그는 새삼스럽게 흥미 와 공감을 가지고 그녀에게 말을 건다.)

마치뱅크스   정말이세요! 오, 그럼 당신도 수줍음을 타는군요, 나처럼.

프로서핀   분명히 난 수줍어하지 않아요. 도대체 무슨 소리죠?

MARCHBANKS	[*secretly*] You must be: that is the reason there are so few love affairs in the world. We all go about[5] longing for love: it is the first need of our natures, the first prayer of our hearts; but we dare not utter our longing: we are too shy. [*Very earnestly*] Oh, Miss Garnett, what would you not give to be without fear, without shame —
PROSERPINE	[*scandalized*] Well, upon my word!
MARCHBANKS	[*with petulant impatience*] Ah, don't say those stupid things to me: they don't deceive me: what use are they? Why are you afraid to be your real self with me? I am just like you.
POSERPINE	Like me! Pray are you flattering me or flattering yourself? I don't feel quite sure which. [*She again tries to get back to her work*].
MARCHBANKS	[*stopping her mysteriously*] Hush! I go about in search of love; and I find it in unmeasured stores in the bosoms of others. But when I try to ask for it, this horrible shyness strangles me; and I stand dumb, or worse than dumb, saying meaningless things: foolish lies. And I see the affection I am longing for given to dogs and cats and pet birds, because they come and ask for it. [*Almost whispering*] It must be asked for: it is like a ghost: it cannot speak unless it is first spoken to. [*At his usual pitch, but with deep melancholy*]

---

5) go about: ―을 시작하다, 계속 ―을 (바삐) 하다, ―에 착수하다

마치뱅크스 (은밀히) 수줍으신 게 틀림없어요. 연애사건이 그토록 드문 것이 바로 그 때문이죠. 우리 모두는 계속 사랑을 갈구합니다. 그건 우리 본능의 최초의 욕구이고, 우리 마음의 최초의 기도이지요. 하지만 우리는 우리의 열망을 차마 입 밖에 내놓질 못해요. 우리가 너무 수줍어하기 때문이죠. (매우 간절히) 오, 미스 가넷, 두려움·수줍음을 떨쳐버리기 위해서는 무엇이든 내줄 수 있다고 생각지 않으세요?

프로서핀 (아연실색하여) 이거 참, 맹세코!

마치뱅크스 (심통 사나운 성급함으로) 오, 내게 그런 어리석은 말씀 마세요. 그런 말은 나를 속이지 못해요. 그런 말이 무슨 소용이 있겠어요. 왜 나한테 당신의 진정한 자아를 감추려고 하세요? 나도 당신과 마찬가지라고요.

프로서핀 나와 똑같다고요! 나 아니면 당신 자신 중 누구를 치켜세우고 있나요? (그녀는 다시 일을 하려고 한다.)

마치뱅크스 (신비스러운 태도로 그녀를 제지하며) 조용히! 나는 사랑을 찾고 있어요. 그 사랑이 타인의 가슴 속에 무한히 간직되어 있음을 압니다. 하지만 그 사랑을 요구하려고 하며, 이 가공할 수줍음이 내 목을 졸라요. 그래서 전 멍청하게, 또는 그보다 더 심각하게 선 채로, 의미 없는 소리만 지껄이죠. 어리석은 거짓말만요. 그래서 갈망하는 그 사랑은 내게 오지 않고 개나 고양이 또는 애완용 새들한테로 가버리는데, 이유는 그것들은 다가가서 사랑을 요구하기 때문이죠. (거의 속삭이듯) 사랑은 달라고 해야만 나옵니다. 마치 유령 같아요. 사랑은 먼저 말을 걸어오기 전에는 말을 건넬 수 없는 유령 같아요. (평소 소리의 높이지만 매우 우울하게)

All the love in the world is longing to speak; only it dare not, because it is shy! Shy! Shy! That is the world's tragedy. [*With a deep sigh he sits in the visitor's chair and buries his face in his hands*].

PROSERPINE [*amazed, but keeping her wits about her[6]: her point of honor in encounters with strange young men*] Wicked people get over that s shyness occasionally, don't they?

MARCHBANKS [*scrambling up almost fiercely*] Wicked people means people who have no love: therefore they have no shame. They have the power to ask love because they don't need it: they have the power to offer it because they have none to give. [*He collapses into his seat, and adds, mournfully*] But we, who have love, and long to mingle it with the love of others: we cannot utter a word. [*Timidly*] You find that, don't you?

PROSERPINE Look here: if you don't stop talking like this, I'll leave the room, Mr Marchbanks: I really will. It's not proper.

She resumes her seat at the typewriter, opening the blue book and preparing to copy a passage from it.

MARCHBANKS [*hopelessly*] Nothing that's worth saying is proper. [*He rises, and wanders about the room in his lost way*]. I can't understand you, Miss Garnett. What am I to talk about?

---

6) have[keep] one's wits about one: 빈틈이 없다

세상의 모든 사랑은 말을 하고 싶어 해요. 다만 수줍어서! 수줍어서! 수줍어서! 감히 입을 열지 못할 뿐이죠. 수줍기 때문에요. 그게 세상의 비극입니다. (깊은 한숨을 내쉬며 내방객의 의자에 앉아 양손에 얼굴을 묻는다.)

프로서핀 (이 이상한 젊은이와의 조우에 놀라지만 그녀의 체면 문제에 빈틈은 없다.) 사악한 사람들은 때때로 그런 수줍음을 극복하지요, 그렇지 않나요?

마치뱅크스 (거의 격렬히 벌떡 일어나며) 사악한 사람들은 사랑이 없는 사람들이죠. 그래서 그들은 수줍음을 모르죠. 사악한 사람들은 사랑을 필요로 하지 않기 때문에 사랑을 요구할 힘이 있는 거예요. 그들은 줄 사랑이 전혀 없기 때문에 사랑을 주겠다고 큰소리치죠. (의자에 주저앉으며 슬픔에 잠겨) 그렇지만 사랑을 가지고 타인의 사랑과 섞고 싶은 우리들은 한 마디도 입 밖에 꺼낼 수 없어요. (연약하게) 아시죠, 안 그래요?

프로서핀 이봐요. 마치뱅크스 씨, 계속 이런 말을 할 거면 난 방을 나갈 거예요. 정말로 그럴 거예요. 그건 부적절하다고요.

그녀는 타자기 자리로 되돌아가서, 의정보고서를 펼치고 옮겨 칠 준비를 한다.

마치뱅크스 (절망적으로) 얘기할 가치가 있는 화제는 모두 부적절하다니까요. (일어나서 방안을 이리저리 정처 없이 거닐며) 난 당신을 이해할 수 없어요, 미스 가넷. 내가 지금 무슨 얘기를 해야 하죠?

PROSERPINE	[*snubbing him*] Talk about indifferent things Talk about the weather.
MARCHBANKS	Would you talk about indifferent things if a child were by, crying bitterly with hunger?
PROSERPINE	I suppose not.
MARCHBANKS	Well: I can't talk about indifferent things with my heart crying out bitterly in its hunger.
PROSERPINE	Then hold your tongue.
MARCHBANKS	Yes: that is what it always comes to. We hold our tongues. Does that stop the cry of your heart? For it does cry: doesn't it? It must, if you have a heart.
RROSERPINE	[*suddenly rising with her hand pressed on her heart*] Oh, it's no use trying to work while you talk like that. [*She leaves her little table and sits on the sofa. Her feelings are keenly stirred*]. It's no business of yours whether my heart cries or not; but I have a mind to tell you, for all that.
MARCHBANKS	You needn't. I know already that it must.
PROSERPINE	But mind! If you ever say I said so, I'll deny it.
MARCHBANKS	[*compassionately*] Yes, I know. And so you haven't the courage to tell him?
PROSERPINE	[*bouncing up*] Him! Who?
MARCHBANKS	Whoever he is. The man you love. It might be anybody. The curate, Mr Mill, perhaps.

프로서핀   (그를 무시하며) 그저 그런 얘기를 하세요. 날씨가 어떻다든가.

마치뱅크스 만약 옆에 굶주림으로 통렬하게 울부짖는 아이가 있을지라도 당신
           은 아무 상관없는 얘기를 하실 건가요?

프로서핀   그렇지는 않아요.

마치뱅크스 그래요. 내 가슴이 사랑의 굶주림으로 통렬하게 울부짖고 있기에 전
           아무 상관없는 얘기를 할 수 없어요.

프로서핀   그러면 입을 다무세요.

마치뱅크스 맞아요. 결국 항상 그럴 수밖에 없어요. 우리 입을 닫아요. 그렇게
           하면 당신 가슴 속의 울부짖음이 멈추나요? 당신의 가슴이 울부짖
           기 때문이죠, 그렇지 않나요? 진정 당신이 가슴을 가지고 있다면 그
           래야만 해요.

프로서핀   (그녀의 가슴에 손을 얹고 갑자기 자리에서 일어나며) 오, 당신이 계속 그런
           얘기를 하니까 도저히 일을 할 수가 없네요. (그녀는 작은 테이블을 떠
           나 소파에 앉는다. 그녀의 기분은 몹시 흔들리고 있다.) 내 가슴이 울부짖건
           말건 그건 당신이 상관할 바가 아녜요. 하지만 그렇다 하더라도, 당
           신에게 말하기로 마음먹었어요.

마치뱅크스 말 안 하셔도 돼요. 난 이미 당신의 가슴이 울부짖고 있다는 걸
           알아요.

프로서핀   하지만 명심해요! 설사 그렇다 하더라도 난 그걸 부인할 거예요.

마치뱅크스 (동정에 차서) 예, 알아요. 그리고 당신은 그토록 그에게 말할 용기가
           없나요?

프로서핀   (벌떡 일어나며) 그에게요! 누구 말예요?

마치뱅크스 그가 누구이든지. 당신이 사랑하는 사람 말예요. 그가 누구라도 되
           지만. 아마도, 목사보인 미스터 밀이 아닐까요.

PROSERPINE	[*with disdain*] Mr Mill!!! A fine man to break my heart about[7], indeed! I'd rather have you than Mr Mill.
MARCHBANKS	[*recoiling*] No, really: I'm very sorry; but you mustn't think of that. I—
PROSERPINE	[*testily, going to the fireplace and standing at it with her back to him*] Oh, don't be frightened: it's not you. It's not any one particular person.
MARCHBANKS	I know. You feel that you could love anybody that offered—
PROSERPINE	[*turning, exasperated*] Anybody that offered! No, I do not. What do you take me for?
MARCHBANKS	[*discouraged*] No use. You won't make me real answers: only those things that everybody says. [*He strays to the sofa and sits down disconsolately*].
PROSERPINE	[*nettled at what she takes to be a disparagement of her manners by an aristocrat*] Oh well, if you want original conversation, you'd better go and talk to yourself.
MARCHBANKS	That is what all poets do: they talk to themselves[8] out loud; and the world overhears them. But it's horribly lonely not to hear someone else talk sometimes.
PROSERPINE	Wait until Mr Morell comes. He'll talk to you. [*Marchbanks shudders*]. Oh, you needn't make wry faces over him: he can talk better than you. [*With temper*]

---

7) break one's heart about: —에 대해 가슴 아프게 하다
8) talk to oneself: 독백하다, 혼잣말을 하다

프로서핀 (경멸조로) 미스터 밀이라고요!!! 과연, 내 가슴을 아프게 하는 그 잘
난 사람을요. 미스터 밀보다 차라리 당신을 택하겠어요.

마치뱅크스 (물러서며) 안 돼요, 정말로. 매우 미안해요. 하지만 그건 곤란해요.
전—

프로서핀 (성급하게, 벽난로 쪽으로 가 그에게 등을 돌리고 서서) 오, 놀라지 말아요.
당신은 아니니까. 어떤 한 특정한 사람을 뜻하는 건 아니에요.

마치뱅크스 알아요. 당신 말은 당신 앞에 나타난 사람이라면 누구든지 사랑할
수 있다—

프로서핀 (화가 나서 돌아서며) 나타난 누구든지라고요? 아뇨, 난 그렇지 않아요.
날 뭘로 아는 거예요?

마치뱅크스 (의기소침해서) 소용없군요. 당신은 내가 진정한 대답을 못하게 하는
군요. 모두가 말하는 상투적인 것들뿐이에요. (그는 자리를 벗어나 소파
로 가서 절망적으로 앉는다.)

프로서핀 (귀족[유진] 때문에 그녀의 태도가 폄하되고 있다는 생각이 들어 화가 나서) 아
그래요, 당신이 독창적인 대화를 원한다면, 가서 자신과 대화하는
편이 좋겠네요.

마치뱅크스 그건 모든 시인들이 다 하는 거예요. 그들은 큰 소리로 독백을 하죠.
그걸 사람들이 엿듣는 거예요. 그렇지만 때로는 다른 누군가와 대화
를 하지 않으면 지독하게 고독해요.

프로서핀 모렐 목사님과 대화하세요. 그분은 응해줄 거예요. (유진은 몸을 떤다.)
오, 그분에게 찡그린 얼굴을 할 필요 없어요. 그분은 당신보다 말을
더 잘 하시니까요. (화가 난 듯)

He'd talk your little head off[9]. [*She is going back angrily to her place, when hey suddenly enlightened, springs up and stops her*].

MARCHBANKS　　Ah! I understand now.

PROSERPINE　　[*reddening*] What do you understand?

MARCHBANKS　　Your secret. Tell me: is it really and truly[10] possible for a woman to love him?

PROSERPINE　　[*as if this were beyond all bounds*] Well!!

MARCHBANKS　　[*passionately*] No: answer me. I want to know: I must know. I can't understand it. I can see nothing in him but words, pious resolutions, what people call goodness. You can't love that.

PROSERPINE　　[*attempting to snub him by an air of cool propriety*] I simply don't know what you're talking about. I don't understand you.

MARCHBANKS　　[*vehemently*] You do. You lie.

PROSERPINE　　Oh!

MARCHBANKS　　You do understand; and you know. [*Determined to have an answer*] Is it possible for a woman to love him?

PROSERPINE　　[*looking him straight in the face*] Yes. [*He covers his face with his hands*]. Whatever is the matter with you!

---

9) talk one's head[arm, ear, leg] off: 쉴 새 없이 지껄이다
10) really and truly: 확실히, 절대로, 틀림없이, 정말로, 아주

쉴 새 없이 지껄이는 분이라 이길 수 없을 걸요. (그녀는 화가 나서 다시 그녀의 자리로 돌아가는데, 유진이, 갑자기 뭔가를 깨달은 듯이, 벌떡 일어나 그녀를 가로막는다.)

마치뱅크스 아, 이제 알았어요.

프로서핀 (얼굴을 붉히며) 뭘 알았다는 거예요?

마치뱅크스 당신의 비밀요. 말해보세요. 한 여자가 그런 남자를 정말로 사랑하는 것이 가능할까요?

프로서핀 (이 말이 한계를 넘었다는 듯이) 이거 참!!

마치뱅크스 (열정적으로) 아닙니다. 대답해 봐요. 알고 싶어요. 알아야만 해요. 난 이해할 수가 없다고요. 내가 그분에게서 볼 수 있는 것이라곤 단지 말들, 경건한 다짐들, 소위 선의(善意)뿐입니다. 그런 걸 사랑할 순 없죠.

프로서핀 (냉정하게 예의를 지키며 그를 거부하려고 하면서) 난 도대체 당신이 무슨 얘기를 하고 있는지 모르겠어요. 난 이해할 수가 없다고요.

마치뱅크스 (격렬하게) 당신은 알고 있어요. 거짓말하지 말아요.

프로서핀 오!

마치뱅크스 당신은 이해하고 있고말고요. 그리고 알고 있지요. (대답을 받아낼 결심으로) 정말 한 여자가 그를 사랑하는 것이 가능한가요?

프로서핀 (그의 얼굴을 똑바로 응시하며) 네. (그는 두 손으로 얼굴을 감싼다.) 무슨 소리를 하는 거예요!

[*He takes down his hands. Frightened at the tragic mask presented to her, she hurries past him at the utmost possible distance, keeping her eyes on his face until he turns from her and goes to the child's chair beside the hearth, where he sits in the deepest dejection. As she approaches the door, it opens and Burgess enters. Seeing him, she ejaculates*]. Praise heaven! Here's somebody. [*And feels safe enough to resume her place*[11] *at her table. She puts a fresh sheet of paper into the typewriter as Burgess crosses to Eugene*].

BURGESS [*bent on taking care of the distinguished visitor*] Well: so this is the way they leave you to yourself[12], Mr Marchbanks. I've come to keep you company. [*Marckbanks looks up at him in consternation, which is quite lost on*[13] *him*]. James is receivin' a deputation in the dinin' room; and Candy is upstairs educatin' of a young stitcher girl she's interested in. [*Condolingly*] You must find it lonesome here with no one but the typist to talk to. [*He pulls round the easy chair, and sits down*].

PROSERPINE [*highly incensed*] He'll be all right now that he has the advantage of your polished conversation: that's one comfort, anyhow. [*She begins to typewrite with clattering asperity*].

---

11) resume one's seat[place]: 다시 (자기) 자리[위치]로 돌아가다

12) keep oneself to oneself, leave a person to himself: [남]을 자기 좋은 대로 하게 하다, 자기 생각에 맡기다

13) be lost on somebody: ―에게 이해를 못 얻다[주목을 못 받다]

(그는 두 손을 내린다. 그녀에게 드리워진 비극적 가면에 대한 두려움을 느끼자 그녀는 서둘러 그를 최대한 멀리 지나쳐, 그가 자신에게서 시선을 돌리고 벽난로 옆의 어린이용 의자로 가서 깊은 낙담으로 주저앉을 때까지 두 눈으로 그의 얼굴을 주시한다. 그녀가 문으로 다가가자 문이 열리고 버게스가 들어온다. 그녀는 그를 보자 갑자기 외친다.) 오 하느님! 구세주가 **나타나셨네**. (마음의 안정을 찾고 다시 자기 테이블로 돌아간다. 버게스가 가로질러 유진에게로 갈 때 그녀는 타자기에 새 종이를 끼운다.)

버게스   (귀한 방문객을 보살피는 일에 열중하면서) 이거 참. 마치뱅크스 씨, 이렇게 손님을 대할 수가 있나. 말상대라도 돼주려고 들렀소이다. (유진은 깜짝 놀라서 그를 바라보지만, 버게스에게 주목받지 못한다.) 사위는 식당에서 대표단을 맞고 있어요. 그리고 딸은 이층에서 딸이 관심을 가지고 있는 어떤 뜨개질하는 아이를 가르치고 있다오. (위로하듯) 여기서 고작 타이피스트밖에는 말할 상대가 없으니 쓸쓸했겠소.

프로서핀   (크게 격분해서) 그가 사장님과 세련된 대화를 나눌 수 있게 되었으니 이제 그는 좋겠지요. 어찌되었든, 그건 하나의 안락이 되겠죠. (그녀는 달카닥달카닥 거친 소리를 내면서 타자기를 치기 시작한다.)

BURGESS	[*amazed at her audacity*] I was not addressin' myself to[14] you, young woman, that I'm aware of.
PROSERPINE	Did you ever see worse manners, Mr Marchbanks?
BURGESS	[*with pompous severity*] Mr Marchbanks is a gentleman, and knows his place[15], which is more than some people do.
PROSERPINE	[*fretfully*] It's well you and I are not ladies and gentlemen: I'd talk to you pretty straight if Mr Marchbanks wasn't here. [*She pulls the letter out of the machine so crossly that it tears*]. There! Now I've spoiled this letter! Have to be done all over again! Oh, can't contain myself[16]: silly old fathead!
BURGESS	[*rising, breathless with indignation*] Ho! I'm a silly old fat'ead, am I? Ho, indeed [*gasping*]! All right, my girl! All right. You just wait till I tell that to your employer. You'll see. I'll teach you[17]: see if I don't.
PROSERPINE	[*conscious of having gone too far*] I—
BURGESS	[*cutting her short*[18]] No: you've done it now. No use a-talking to me. I'll let you know who I am. [*Proserpine shifts her paper carriage with a defiant bang, and disdainfully goes on with her work*].

---

14) address oneself to: —에게 말을 걸다

15) know[keep] one's place: 제 분수[주제]를 알다[지키다], 겸손히 굴다

16) contain oneself: 자제하다

17) I will teach you: 혼내줄 테다

18) cut short: 갑자기 끝내다, 가로막다, 삭감하다

버게스 (그녀의 대담함에 놀라서) 아가씨, 난 아가씨한테 말을 건 적이 없는 걸로 아는데.

프로서핀 마치뱅크스 씨, 이보다 더 무례한 행동을 본 적이 있나요?

버게스 (젠체하는 엄격함으로) 마치뱅크스 씨는 신사이고, 다른 어떤 사람들 이상으로 분수를 아는 사람이지.

프로서핀 (짜증을 내며) 영감님과 전 신사 숙녀가 아니니까 여기에 마치뱅크스 씨만 없다면 아주 솔직하게 내뱉고 싶어요. (그녀가 매우 뿌루퉁해서 타자기에서 문서를 잡아당기자 문서가 찢어진다.) 이런! 이 문서를 망쳤잖아! 처음부터 다시 쳐야 하다니. 오, 도저히 자제할 수가 없군. 어리석고 늙은 얼간이 같으니!

버게스 (분개하여 숨이 가쁘게 일어나며) 호! 나더러 어리석고 늙은 얼간이이라고 했겠다. 호, 세상에! (숨을 헐떡이며) 좋아, 아가씨! 좋다고. 아가씨의 고용주에게 그걸 일러바칠 때까지 그저 기다리라고. 어디 두고 보자고. 혼을 내줄테니. 그렇지 않은지 보라고.

프로서핀 (지나쳤다는 걸 의식하고) 전 —

버게스 (가로막으며) 그만. 이제 엎어진 물이야. 변명 따윈 듣고 싶지 않다고. 내가 누구인지 보여주고 말거야. (프로서핀은 타자기의 페이퍼 캐리지를 반항하듯 쾅 소리를 내며 이동시키고, 경멸하듯이 그녀의 일을 계속한다.)

	Don't you take no notice of[19] her, Mr Marchbanks. She's beneath it. [*He loftily sits down again*].
MARCHBANKS	[*miserably nervous and disconcerted*] Hadn't we better change the subject? I — I don't think Miss Garnett meant anything.
PROSERPINE	[*with intense conviction*] Oh, didn't I though, just!
BURGESS	I wouldn't demean myself[20] to take notice[21] on her.

An electric bell rings twice.

PROSERPINE	[*gathering up her note-book and papers*] That's for me. [*She hurries out*].
BURGESS	[*calling after her*] Oh, we can spare you. [*Somewhat relieved by the triumph of having the last word, and yet half inclined to try to improve on it, he looks after her for a moment; then subsides into his seat by Eugene, and addresses him very confidentially*]. Now we're alone, Mr Marchbanks, let me give you a friendly 'int [hint] that I wouldn't give to everybody. 'Ow [How] long 'ave [have] you known my son-in-law James here?
MARCHBANKS	I don't know. I never can remember dates. A few months, perhaps.
BURGESS	Ever notice anything queer about him?
MARCHBANKS	I don't think so.

19) take no notice of: 무시하다
20) demean oneself: 품격을 떨어뜨리다
21) take notice: 주의하다

마치뱅크스 씨, 무시해버리세요. 그럴 가치도 없으니까요. (다시 고자
세로 앉는다.)

마치뱅크스 (지독히 불안하고 당황하여) 화제를 바꾸는 편이 좋지 않을까요? 저 —
제가 보기에 미스 가넷이 별 뜻이 있이 한 말이라고는 생각하지 않
는데요.

프로서핀 (강한 확신에 차서) 오, 정말 그랬을까요?

버게스 같이 상대해서 내 품격을 떨어뜨리고 싶지 않소.

전기 벨이 두 번 울린다.

프로서핀 (노트와 서류들을 챙기며) 호출이로군요. (그녀는 서둘러 나간다.)

버게스 (그녀를 뒤에서 부르며) 우린 상관할 것 없다고. (마지막 그 말을 한 것으로
승리를 했다는 다소의 안도감이 들지만 아직도 그것을 증명하고자 노력하는 경
향을 보이며, 그녀가 나가는 모습을 본다. 그리고 유진 옆 그의 자리에 주저앉아
서 유진에게 매우 은밀하게 말을 건다.) 마치뱅크스 씨, 이제야 우리 둘만
있게 되었군. 다른 사람한테는 주고 싶지 않지만 특별히 힌트를 주
려고 합니다. 내 사위 제임스를 언제부터 알게 되었나요?

마치뱅크스 몰라요. 도무지 날짜는 생각이 안나요. 몇 달 됐을 거예요.

버게스 그 사람한테서 이상한 점을 느낀 적 없소?

마치뱅크스 없는데요.

BURGESS	[*impressively*] No more you wouldn't. That's the danger on it. Well, he's mad.
MARCHBANKS	Mad!
BURGESS	Mad as a March 'are [hare][22]. You take notice on him and you'll see.
MARCHBANKS	[*uneasily*] But surely that is only because his opinions —
BURGESS	[*touching him on the knee with his forefinger, and pressing it to hold his attention*] That's the same what I used to think, Mr Marchbanks. He thought long enough that it was only 'is [his] opinions; though, mind you[23], opinions becomes very serious things when people takes to[24] actin' on[25] 'em [them] as 'e [he] does. But that's not what I go on. [*He looks round to make sure that they are alone, and bends over to Eugene's ear*]. What do you think he says to me this mornin' in this very room?
MARCHBANKS	What?
BURGESS	He sez to me — this is as sure as we're settin' here now — he says "I'm a fool," he says; "and you're a scoundrel." — as cool as possible. Me a scoundrel, mind you! And then shook hands with me on it, as if it was to my credit! Do you mean to tell me as that man's sane?

---

22) (as) mad as a hatter/a March hare: 정신이상인, 순 바보

23) Mind (you)!: 《삽입적》 알았지, 잘 들어둬!

24) take to: —을 좋아하게 되다[—에 마음을 붙이다], —이 좋아지다, —을 따르다(=like)

25) act on: ① —에 작용하다, 영향을 주다 ② [주의·명령 등]에 따라서 행동하다, 따르다

버게스　(강조하여) 그럼 앞으로도 더 이상 못 느낄 거요. 그게 위험한 거지. 글쎄, 그 사람은 미쳤다오.

마치뱅크스　미쳐요!

버게스　미쳐도 완전히 미쳤지. 잘 보면 알 거요.

마치뱅크스　(불편해서) 하지만 그 말씀은 단지 그분의 사상 때문에 그렇다는 것인 가요?

버게스　(검지를 유진의 무릎에 대고 누르고 자기 말에 주의를 모으며) 나도 처음엔 그런 줄만 알았다오. 그 사람이 너무 오래 생각을 하다 보니 오직 그의 사상에만 붙잡히게 되었지요. 그가 좋아하게 되는 것처럼 사람 들이 그 사상들에 따르는 것을 좋아하게 될 때 사상들은 매우 심각 해진다는 사실을 알아둬요. 그런데 그뿐이 아니라오. (둘이만 있는지 확인하려고 주위를 살피며 허리를 구부려 귓속말로) 사위가 오늘 아침에 바 로 이 방에서 내게 뭐라고 했는지 아시오?

마치뱅크스　뭐라고 하셨는데요?

버게스　그 사람이 내게 말하길—틀림없이—자기는 바보이고 나는 악당이 라는 거요.—아주 냉담하게. 날보고 악당이라고 했다니까요, 알았어 요? 그러고는 내게 악수를 청하지 뭡니까? 내가 악당인 게 뭐 영광 이라도 되는 것처럼 말이요. 그런 사람이 제정신이라고 할 수 있소?

MORELL   [*outside, calling to Proserpine as he opens the door*] Get all their names and addresses, Miss Garnett.

PROSERPINE   [*in the distance*] Yes, Mr Morell.

Morell comes in, with the deputation's documents in his hands.

BUGESS   [*aside to Marchbanks*] Yo, he is. Just you keep your eye on him and see. [*Rising momentously*] I'm sorry, James, to 'ave to make a complaint to[26] you. I don't want to do it; but I feel I oughter [ought to], as a matter of right and duty.

MORELL   What's the matter?

BURGESS   Mr Marchbanks will bear me out[27]: he was a witness. [*Very solemnly*] Your young woman so far forgot herself[28] as to call me a silly old fat'ead.

MORELL   [*with tremendous heartiness*] Oh, now, isn't that exactly like Prossy? She's so frank: she can't contain herself[29]! Poor Prossy! Ha! Ha!

BURGESS   [*trembling with rage*] And do you expect me to put up with it from the like of 'ER [HER]?

---

26) make a complaint to ─: ─에 대해 불평을 말하다

27) bear somebody/something out: ─이 옳음[사실임]을 증명하다, 지탱하다, 지지[지원]하다, 증거가 되다

28) forget oneself: 자기 분수를 잊다, 제 주제를 모르다, 분수에 맞지 않는 말을 하다

29) contain oneself: 자제하다

모렐   (밖에서, 문을 열면서 프로서핀을 부르면서) 미스 가넷, 이름과 주소를 모
          두 찾아와요.

프로서핀   (멀리서) 네, 목사님.

모렐이 그의 손에 대표단의 서류들을 들고 들어온다.

버게스   (유진에게 방백으로) 나타났군. 잘 살펴봐요. (긴급히 일어나며) 제임스,
          미안하지만 자네한테 불평을 말해야겠네. 하고 싶지는 않지만 권리
          이자 의무로서 꼭 해야 될 것 같아서 말이네.

모렐   무슨 말씀이죠?

버게스   마치뱅크스 씨는 내가 옳음을 증명할 거네. 그가 목격자였지. (매우
          엄숙하게) 자네 젊은 여비서가 제 주제를 모르고 글쎄 나보고 '어리
          석고 늙은 얼간이'이라고 욕을 했다네.

모렐   (대단히 쾌활하게) 오, 아주 프로[프로서핀의 애칭] 씨다운 말을 했군요.
          그 여잔 매우 솔직해서 자제를 못하는 사람이죠! 프로 씨가 그랬군
          요, 하! 하!

버게스   (분노에 몸을 떨며) 그래, 내가 그따위 여자의 욕설을 듣고 참아야겠나?

MORELL	Pooh, nonsense! You can't take any notice of[30] it. Never mind. [*He goes to the cellaret and puts the papers into one of the drawers*].
BURGESS	Oh, I don't mind. I'm above it. But is it RIGHT? — That's what I want to know. Is it right?
MORELL	That's a question for the Church, not for the laity. Has it done you any harm? That's the question for you, eh? Of course it hasn't. Think no more of it. [*He dismisses the subject by going to his place at the table and setting to work at his correspondence*].
BURGESS	[*aside to Marchbanks*] What did I tell you? Mad as a 'atter[31]. [*He goes to the table and asks, with the sickly civility of a hungry man*] When's dinner, James?
MORELL	Not for a couple of hours yet.
BURGESS	[*with plaintive resignation*] Give me a nice book to read over the fire, will you, James: that's a good chap.
MORELL	What sort of book? A good one?
BURGESS	[*with almost a yell of remonstrance*] No-oo! Summat [somewhat] pleasant, just to pass the time. [*Morell takes an illustrated paper from the table and offers it. He accepts it humbly*]. Thank you, James. [*He goes back to the big chair at the fire, and sits there at his ease, reading*].
MORELL	[*as he writes*] Candida will come to entertain you presently. She has got rid of her pupil. She is filling the lamps.

---

30) take notice of: ―을 알아차리다, 주의하다 / ―을 후대하다 / (신문 따위가) ―을 들어 논평하다

31) (as) mad as a hatter: 아주 미친, 몹시 화난, 아주 미쳐서

모렐   체, 말도 안 되죠! 장인어른께서 그러한 일에 신경을 쓰실 수 없죠. 내버려 두세요. (셀라레트로 가서 한 서랍에 서류를 넣는다.)

버게스 오, 내버려 두고말고. 난 신경 쓰지 않네. 하지만 그게 옳은가? 내가 알고 싶은 건 그거라고. 그게 옳으냐고?

모렐   그건 평신도가 아닌 교회가 판단할 문제죠. 그래서 손해를 보셨나 요?—장인어른 관심사는 그것 아닙니까, 에? 물론 손해는 없으시죠. 그만 잊어버리세요. (그 문제는 접어두고 테이블 그의 자리로 가서 편지 쓰 는 일에 착수한다.)

버게스 (유진에게 방백으로) 내가 뭐라고 말했소? 아주 미쳤다니까. (테이블로 가서 배고픈 사람이 허약해 보이는 듯한 자세로 물어본다.) 제임스, 저녁은 언제 먹나?

모렐   한 두어 시간 뒤에요.

버게스 (포기하며) 난롯가에서 읽을 괜찮은 책이나 한 권 주게나, 제임스. 근 사한 책으로.

모렐   어떤 책을 드릴까요? 양서(良書)를 드려요?

버게스 (거의 항의에 가까운 함성으로) 아닐세! 약간 재미있는 걸로 주게, 그저 시간이나 때우게 말이야. (모렐은 테이블에서 화보집을 집어서 준다. 그는 그걸 겸허히 받는다.) 고맙네. 제임스. (그는 난로 옆에 큰 의자로 가서 편안 히 앉아 책을 읽는다.)

모렐   (쓰면서) 곧 캔디다가 와서 즐겁게 해드릴 거예요. 막 학생을 돌려보 냈으니까요. 지금 램프에 기름을 넣고 있어요.

MARCHBANKS	[*starting up in the wildest consternation*] But that will soil her hands. I can't bear that, Morell: it's a shame. I'll go and fill them. [*He makes for the door*].
MORELL	You'd better not. [*Marchbanks stops irresolutely*]. She'd only set you to clean my boots, to save me the trouble of doing it myself in the morning.
BURGESS	[*with grave disapproval*] Don't you keep a servant now, James?
MORELL	Yes: but she isn't a slave; and the house looks as if I kept three. That means that everyone has to lend a hand[32]. It's not a bad plan: Prossy and I can talk business after breakfast while we're washing up. Washing up's no trouble when there are two people to do it.
MARCHBANKS	[*tormentedly*] Do you think every woman is as coarse-grained as Miss Garnett?
BURGESS	[*emphatically*] That's quite right, Mr Marchbanks: that's quite right. She is corse-grained.
MORELL	[*quietly and significantly*] Marchbanks!
MARCHBANKS	Yes?
MORELL	How many servants does your father keep?
MARCHBANKS	[*pettishly*] Oh, I don't know. [*He comes back uneasily to the sofa, as if to get as far as possible from Morell's questioning, and sits down in great agony of spirit, thinking of the paraffin*].

---

32) lend (somebody) a (helping) hand (with something): (-으로) (-에게) 도움을 주다

126

마치뱅크스	(가장 격렬하게 실망해서 펄쩍 뛰며) 하지만 그건[파라핀(등유) 주입] 손을 엉망으로 만들 텐데요. 그럴 순 없어요, 목사님. 수치예요. 제가 가서 넣겠어요. (문으로 향한다.)
모렐	그러지 않는 게 좋아. (유진이 망설이면서 멈춘다.) 그녀가 네게는 그저 내 구두를 닦아놓으라고 했다. 내가 아침에 수고하지 않게 말이다.
버게스	(심하게 못마땅하여) 집안에 하인도 없단 말인가, 제임스?
모렐	있어요. 하지만 그 여자는 노예가 아닙니다. 그래도 집은 하인을 셋 둔 것처럼 보이죠. 그건 모두가 거드는 거죠. 나쁜 생각이 아녜요. 프로 씨와 전 아침식사 후 설거지를 하며 업무 얘기를 하죠. 설거지를 둘이 하면 쉽거든요.
마치뱅크스	(괴로워서) 세상 모든 여자가 미스 가넷처럼 천박한 줄 아세요?
버게스	(힘주어) 아주 옳은 말이에요, 마치뱅크스 씨. 아주 옳고말고요. 그 여잔 천박하다고.
모렐	(조용히 그러나 의미 있게) 마치뱅크스!
마치뱅크스	네?
모렐	너의 아버지는 하인들을 몇 명이나 두고 계시니?
마치뱅크스	(심술궂게) 오, 모르겠는데요. (가능한 한 그의 질문에서 멀어지고자 하는 양 불안하게 소파로 가며, 심한 정신적 고통에 사로잡힌 채 앉아서 파라핀[등유]을 생각한다.)

MORELL   [*very gravely*] So many that you don't know! [*More aggressively*] When there's anything coarse-grained to be done, you just ring the bell and throw it on to somebody else, eh?

MARCHBANKS   Oh, don't torture me. You don't even ring the bell. But your wife's beautiful fingers are dabbling in paraffin oil while you sit here comfortably preaching about it: everlasting preaching! Preaching! Words! Words! Words!

BURGESS   [*intensely appreciating this retort*] Ha, ha! Devil a better! [*Radiantly*] And you there, James, straight.

Candida comes in, well aproned, with a reading lamp trimmed, filled, and ready for lighting. She places it on the table near Morell, ready for use.

CANDIDA   [*brushing her finger tips together with a slight twitch of her nose*] If you stay with us, Eugene, I think I will hand over the lamps to[33] you.

MARCHBANKS   I will stay on condition[34] that you hand over all the rough work to me.

CANDIDA   That's very gallant; but I think I should like to see how you do it first. [*Turning to Morell*] James: you've not been looking after the house properly.

MORELL   What have I done—or not done—my love?

---

33) hand over to: 넘기다, 연결하다

34) on (one) condition: 조건부로

모렐　(진지하게) 하도 많아서 모르는 모양이구나! (보다 공격적으로) 해야 할 어떤 천한 일거리가 있으면, 넌 그저 종을 울려서 그걸 다른 누군가에게 시키는 모양이지, 안 그래?

마치뱅크스　오, 절 괴롭히지 마세요. 목사님은 종조차도 울리지 않잖아요. 사모님께서는 파라핀 오일에 그분의 아름다운 손가락을 담그고 계시는데, 반면 목사님은 여기서 편안하게 그것에 대해서 설교나 늘어놓고 계시잖아요. 끊임없는 설교! 설교! 말! 말! 말뿐이죠!

버게스　(이러한 반박을 매우 반기며) 하, 하! 한 방 맞았군! (신나서) 정통으로 말이야, 제임스.

캔디다가 솜씨 있게 앞치마를 두른 채로, 손질되고 기름이 가득 채워진 독서용 램프를 들고 들어와서 불을 켤 준비를 한다. 그녀는 램프를 모렐 가까이에 있는 테이블에 놓고 사용할 수 있도록 준비한다.

캔디다　(코를 약간 씰룩거리며 손끝을 털면서) 유진, 네가 여기서 묵고 간다면, 램프들을 네게 넘길 생각이야.

마치뱅크스　모든 힘든 일을 제게 넘겨주신다면 그렇게 하겠어요.

캔디다　매우 정중하구나. 하지만 난 먼저 네가 그 일을 어떻게 하는지 봐야겠다. (모렐에게) 제임스. 그동안 집을 잘 보살피지 않으셨더군요.

모렐　여보, 내가 뭘 했고―또는 뭘 안했다는 거요?

CANDIDA   [with serious vexation] My own particular pet scrubbing brush has been used for blackleading. [A heart-breaking wail bursts from Marchbanks. Burgess looks round, amazed. Candida hurries to the sofa]. What's the matter? Are you ill, Eugene?

MARCHBANKS   No: not ill. Only horror! Horror! Horror! [He bows his head on his hands].

BURGESS   [shocked] What! Got the 'orrors, Mr Marchbanks! Oh, that's bad, at your age. You must leave it off[35] grajally [gradually].

CANDIDA   [reassured] Nonsense, papa! It's only poetic horror, isn't it, Eugene [petting him]?

BURGESS   [abashed] Oh, poetic 'orror, is it? I beg your pardon, I'm shore. [He turns to the fire again, deprecating his hasty conclusion].

CANDIDA   What is it, Eugene? The scrubbing brush? [He shudders] Well, there! Never mind. [She sits down beside him]. Wouldnt you like to present me with a nice new one, with an ivory back inlaid with mother-of-pearl[36]?

MARCHBANKS   [softly and musically, but sadly and longingly] No, not a scrubbing brush, but a boat: a tiny shallop to sail away in, far from the world, where the marble floors are washed by the rain and dried by the sun; where the south wind dusts the beautiful green and purple carpets.

---

35) leave off: 중단하다[멈추다]

36) inlay with mother-of-pearl: 자개를 박다

캔디다 (심각하게 짜증을 내며) 제가 특별히 아끼는 솔로 녹슨 데를 닦으셨더 군요. (가슴이 미어지는 듯한 신음이 유진에게서 나온다. 버게스는 놀라서 돌아 본다. 캔디다가 급히 소파로 가서) 무슨 일이니? 유진, 어디 아프니?

마치뱅크스 아뇨. 안 아파요. 다만 공포가 느껴져요! 공포! 공포요! (두 손에 얼굴 을 묻는다.)

버게스 (충격을 받으며) 아니! 마치뱅크스 씨, 공포를 느꼈다니! 오, 그 나이에 공포를 느끼다니 안 된 일이오. 점차 그걸 멈춰야만 해요.

캔디다 (안심이 되며) 아빠, 그런 모르는 말씀 마세요! 그건 단지 시적인 공포 를 느낀다는 거예요, (그를 다독거리면서) 안 그러니, 유진?

버게스 (겸연쩍어서) 오, 시적인 공포라고? 미안하구나, 난 또. (그는 다시 난로 를 향하고, 성급한 결론을 탓한다.)

캔디다 왜 그러니, 유진? 솔 때문이니? (그는 몸을 떤다.) 자, 거봐! 잊어버려 라. (그녀가 그의 옆에 앉는다.) 넌 내게 자개가 박힌 상아 손잡이가 있 는, 멋진 새 솔을 선물하겠니?

마치뱅크스 (부드럽게 음악적으로, 그러나 슬프고 갈망하는 투로) 아뇨, 솔 대신에 보트를 선물하겠어요. 이 세상으로부터 멀리 항해할 수 있는 작은 배 말이에 요. 그곳에는 대리석 바닥이 빗물로 씻어지고 햇빛으로 마르죠. 남풍 이 불어와 아름다운 녹색과 보라색 카펫의 먼지도 털어줄 거예요.

	Or a chariot! To carry us up into the sky, where the lamps are stars, and don't need to be filled with paraffin oil every day.
MORELL	[*harshly*] And where there is nothing to do but to be idle, selfish, and useless.
CANDIDA	[*jarred*] Oh James! How could you spoil it all?
MARCHBANKS	[*firing up*[37]] Yes, to be idle, selfish, and useless: that is, to be beautiful and free and happy: hasn't every man desired that with all his soul[38] for the woman he loves? That's my ideal: what's yours, and that of all the dreadful people who live in these hideous rows of houses? Sermons and scrubbing brushes! With you to preach the sermon and your wife to scrub.
CANDIDA	[*quaintly*] He cleans the boots, Eugene. You will have to clean them to-morrow for saying that about[39] him.
MARCHBANKS	Oh, don't talk about boots! Your feet should be beautiful on the mountains.
CANDIDA	My feet would not be beautiful on the Hackney Road without boots.
BURGESS	[*scandalized*] Come, Candy! Don't be vulgar. Mr Morchbanks ain't accustomed to it. You're givin' him the 'orrors again. I mean the poetic ones.

---

37) fire up: 열화같이 화를 내다

38) with all one's soul and might: 혼신의 힘을 다하여

39) say about: ―에 대해 말하다

아니면 마차를 선물하겠어요! 우리를 저 높은 하늘까지 데려다줄 마차요. 그곳에선 램프 대신에 별빛이 밝혀주니까, 매일 파라핀 오일을 채울 필요가 없겠죠.

모렐 (매섭게) 그래서 그곳에선 그저 빈둥대고, 이기적이며, 쓸모없는 짓만 하겠지.

캔디다 (깜짝 놀라며) 오, 제임스! 당신은 어쩌면 그렇게 온통 망쳐놓을 수 있어요?

마치뱅크스 (열화같이 화를 내며) 그래요, 빈둥대고, 이기적이며, 쓸모없는 짓만 할 거예요. 말하자면, 아름답고 자유롭고 행복하게 살 거예요. 그것이 모든 남자들이, 혼신의 힘을 다해, 사랑하는 여자를 위해 갈망하는 것 아닌가요? 그게 저의 이상이에요. 목사님의 이상은 무엇인가요, 그러니까 이러한 끔찍한 언쟁들이 벌어지고 있는 집에 살고 있는 모든 무시무시한 사람들의 이상인가요? 설교와 솔질! 목사님은 설교를 늘어놓고 사모님은 솔질을 하는 것.

캔디다 (기묘한 어투로) 그분은 구두를 닦는단다, 유진. 그분에게 그런 말을 한 대가로 내일은 네가 닦아야 한다.

마치뱅크스 오, 구두 얘기는 하지 마세요! 사모님의 발은 산에서도 예쁠 거예요.

캔디다 해크니 거리를 구두를 신지 않고 걷는다면 예쁘지 않을 거야.

버게스 (아연실색하여) 아니, 캔디[캔디다의 애칭]! 그런 상스러운 말을 하다니. 마치뱅크스 씨는 그런 것에 익숙하지 않잖아. 또 공포에 질리면 어찌하려고. 시적 공포 말이다.

Morell is silent. Apparently he is busy with his letters: really he is puzzling with misgiving over his new and alarming experience that the surer he is of his moral thrusts, the more swiftly and effectively Eugene parries them. To find himself beginning to fear a man whom he does not respect afflicts him bitterly.

Miss Garnett comes in with a telegram.

PROSERPINE   [*handing the telegram to Morell*] Reply paid. The boy's waiting. [*To Candida, coming back to her machine and sitting down*]. Maria is ready for you now in the kitchen, Mrs Morell [*Candida rises*]. The onions have come.

MARCHBANKS   [*convulsively*] Onions!

CANDIDA   Yes, onions. Not even Spanish ones: nasty little red onions. You shall help me to slice them. Come along.

She catches him by the wrist and runs out, pulling him after her. Burgess rises in consternation, and stands aghast on the hearth-rug, staring after them.

BURGESS   Candy didn't oughter [ought to] 'andle [handle] a peer's nevvy [nephew] like that. It's goin' too fur [far] with it. Lookee 'ere, James: do 'e [you] often git [get] taken queer like that?

MORELL   [*shortly, writing a telegram*] I don't know.

모렐은 잠자코 있다. 겉으로는 편지 쓰는 데 분주한 것 같으나 실제로는 그가 도덕적 취지를 더욱 확신하면 할수록, 유진이 더욱 신속하고 효과적으로 막아내고 있다는 새롭고 놀라운 경험에서 도래한 불안감에 어찌할 바 모른다. 자신이 존중하지도 않는 사람에 대하여 두려움을 갖기 시작했다는 사실이 무척이나 그를 괴롭힌다.

미스 가넷이 전보를 들고 들어온다.

프로서핀　(모렐에게 전보를 건네며) 반신료 선납 전보예요. 배달부가 답장을 기다리고 있어요. (타자기로 가서 앉으며 캔디다에게) 사모님, 마리아가 준비를 마치고 부엌에서 기다리고 있습니다. (캔디다가 일어선다.) 양파가 도착했어요.

마치뱅크스　(발작하듯이) 양파라고요!

캔디다　그래, 양파. 전혀 스페인 양파가 아닌 고약한 빨간 양파란다. 자르는 걸 도와주렴. 함께 가자.

캔디다는 마치뱅크스의 손목을 잡고 밖으로 달려가며 그를 잡아끈다. 버게스는 깜짝 놀라 일어나서 벽난로 앞 양탄자 위에서 겁에 질려 그들의 뒷모습을 응시한다.

버게스　캔디가 귀족의 조카[백작의 아들]를 저렇게 다루어서는 안 되는데. 이건 너무 심하잖아. 이보게, 제임스. 자넨 저런 괴상한 아이들을 자주 데려오나?

모렐　(간단히, 전보를 쓰며) 모르겠어요.

BURGESS   [*sentimentally*] He talks very pretty. I allus [always] had
           a turn[40] for a bit of poetry. Candy takes arter [after]
           me that-a-way[41]: useter [used to] make me tell her
           fairy stories when she was on'y a little kiddy not that
           'igh [*indicating a stature of two feet or thereabouts*].

MORELL   [*preoccupied*] Ah, indeed. [*He blots the telegram, and
           goes out*].

PROSERPINE Used you to make the fairy stories up out of your own
           head?

*Burgess, not deigning to reply, strikes an attitude of the haughtiest
disdain on the hearth-rug.*

PROSERPINE [*calmly*] I should never have supposed you had it in
           you. By the way, I'd better warn you, since you've
           taken such a fancy to[42] Mr Marchbanks. He's mad.

BURGESS   Mad! What! 'Im [Him] too!!

PROSERPINE Mad as a March hare[43]. He did frighten me, I can tell
           you, just before you came in that time. Haven't you
           noticed the queer things he says?

---

40) have a turn: 한 판 겨루다, −하는 경향이 있다

41) that-away: (방언) 저쪽으로, 그쪽 방향으로, 그 모양으로, 그렇게 (해서)

42) take a fancy to−: −을 좋아하다

43) (as) mad as a hatter / a March hare: 정신이상인, 순 바보

버게스 (감상적으로) 그 친구 말을 아주 잘하던데. 나도 항상 시흥에 취한 적
　　　이 있었다네. 캔디는 그런 점에서 나를 닮았어. 그 애가 단지 요만
　　　한 (바닥에서 2피트 정도의 키를 가리키며) 아이였을 때 내게 옛날 얘기를
　　　해달라고 졸라대곤 했었지.

모렐 (일에 정신이 팔려) 아, 그랬나요. (전보를 접어가지고 나간다.)

프로서핀 영감님께서 그 옛날 얘기들을 영감님의 머리로 지어내셨단 말씀인
　　　가요?

　　버게스는, 대꾸도 안 한 채, 난로 앞에 까는 양탄자 위에서 경멸스럽다는 듯이
가장 오만한 허세를 부린다.

프로서핀 (침착하게) 그런 재능을 지니셨다고는 결코 생각하지 못했는걸요. 그
　　　나저나, 영감님께서 마치뱅크스 씨를 좋아하시는 것 같아서 경고를
　　　드리는 편이 좋겠어요. 그 사람은 미쳤다고요.

버게스 미쳤다고? 뭐라고? 그 사람도!!

프로서핀 미쳐도 아주 완전히 미쳤어요. 아까 영감님이 들어오시기 직전에 그
　　　가 저를 정말 놀라게 했다니까요. 그의 말에서 이상한 것 못 느끼셨
　　　어요?

BURGESS   So that's what the poetic 'orrors means. Blame me if[44]
           it didn't come into my head[45] once or twice that he
           must be off his chump[46]! [*He crosses the room to the
           door, lifting up his voice as he goes*]. Well, this is a pretty
           sort of asylum for a man to be in, with no one but you
           to take care of him!

PROSERPINE [*as he passes her*] Yes, what a dreadful thing it would
           be if anything happened to you!

BURGESS   [*loftily*] Don't you address no remarks to[47] me. Tell your
           employer that I've gone into the garden for a smoke.

PROSERPINE [*mocking*] Oh!

Before Burgess can retort, Morell comes back.

BURGESS   [*sentimentally*] Goin' for a turn[48] in the garden to smoke,
           James.

MORELL   [*brusquely*] Oh, all right, all right. [*Burgess goes out
           pathetically in the character of a weary old man. Morell
           stands at the table, turning over his papers and adding, across
           to Proserpine, half humorously, half absently*]. Well, Miss
           Prossy, why have you been calling my father-in-law
           names[49]?

---

44) Blame me if—: 만약 —라면 성을 갈겠다, 만일 —하면[안 하면] 내가 사람이 아니다
45) come into one's head: 머리에 떠오르다, 《부정문·의문문에서》 생각이 미치다(떠오르다)
46) off one's chump: 미쳐서, 흥분하여
47) address remark to—: —에 대해서 언사를 말하다.
48) go for a turn: 운동하러 떠나다
49) call somebody names: —를 욕하다[험담하다]

버게스 아하, 그게 바로 시적 공포라는 것이로군. 나도 그 사람이 미친
게 틀림없다는 생각이 한두 번 떠오른 게 아니야. (그는 방을 가로질
러 문으로 향하고, 가면서 목소리를 높이며) 글쎄, 이곳은 아가씨를 제외
하고는 그 사람을 돌봐줄 사람이 없는 다소 정신병원 같군!

프로서핀 (그가 그녀를 지나갈 때) 그래요, 영감님에게 무슨 일이라도 생긴다면
참 두려운 일이죠!

버게스 (고상하게) 내게 어떠한 말도 하지 말게. 목사님에게 내가 정원에서
담배나 피우고 오겠다고 전하게.

프로서핀 (무시하듯) 오!

버게스가 응수하려는 찰나 모렐이 들어온다.

버게스 (감상적으로) 난 정원에서 담배나 피우고 오겠네, 제임스.

모렐 (퉁명스럽게) 오, 네, 그러세요. (버게스는 지친 늙은이의 모습으로 애처롭
게 나간다. 모렐은 테이블 앞에 서서 서류를 뒤적이며 반은 무심코, 반은 익살
스럽게 프로서핀에게) 근데, 미스 프로스, 내 장인어른한테 욕을 했다
면서?

PROSERPINE   [*blushing fiery red, and looking quickly up at him, half scared, half reproachful*] I — [*She bursts into tears*].

MORELL   [*with tender gaiety, leaning across the table towards her, and consoling her*] Oh, come! Come! Come! Never mind, Pross: he is a silly old fathead, isn't he?

With an explosive sob, she makes a dash at the door, and vanishes, banging it. Morell, shaking his head resignedly, sighs, and goes wearily to his chair, where he sits down and sets to work, looking old and careworn.

Candida comes in. She has finished her household work and taken off the apron. She at once notices his dejected appearance, and posts herself quietly at the visitors' chair, looking down at him attentlively. She says nothing.

MORELL   [*looking up, but with his pen raised ready to resume his work*] Well? Where is Eugene?

CANDIDA   Washing his hands in the scullery under the tap. He will make an excellent cook if he can only get over his dread of Maria.

MORELL   [*shortly*] Ha! No doubt. [*He begins writing again*].

CANDIDA   [*going nearer, and putting her hand down softly on his to stop him as she says*] Come here, dear. Let me look at you. [*He drops his pen and yields himself to her disposal. She makes him rise, and brings him a little away from the table, looking at him critically all the time*]. Turn your face to the light. [*She places him facing the window*]. My boy is not looking well. Has he been overworking?

프로서핀   (얼굴이 불덩이처럼 빨개져 그를 재빨리 흘깃 쳐다보며, 두려움 반 원망 반의 표
정이 되어서) 전− (마침내 울음을 터뜨린다.)

모렐   (다정하면서 유쾌하게 그녀를 향해 테이블에 기대고 위로하며) 오, 자, 자, 자,
신경 쓸 것 없어, 프로시. 어리석고 늙은 얼간이가 맞다고, 안 그래?

울음을 더 크게 터뜨리며 문을 향해 돌진해서 쾅 닫고 사라진다. 모렐이 체념한
듯이 고개를 흔들고 한숨을 쉬며 지친 모습으로 의자에 가서 앉아 일을 하는데, 늙고
초췌해 보인다.

캔디다가 들어온다. 집안일을 마치고 앞치마를 벗었다. 방금 모렐이 실의에 빠
진 모습을 알아차리고는 조용히 내방객의 의자 쪽으로 가서 주의 깊게 그를 내려다본
다. 그녀는 말이 없다.

모렐   (고개를 쳐들지만, 손에는 펜을 들며 다시 일로 돌아갈 준비를 한 채) 왔소? 유
진은 어떻게 하고?

캔디다   부엌방 수도에서 손을 씻고 있어요. 마리아만 무서워하지 않는다면
훌륭한 요리사가 되겠던데.

모렐   (간단히) 하! 그렇겠지. (다시 쓰기 시작한다.)

캔디다   (더 가까이 다가가서 그의 일을 멈추게 하기 위해 손을 그의 손 위에 가볍게 놓
으며 말한다.) 이리 와요, 여보. 얼굴 한번 봅시다. (그는 펜을 내려놓고
그녀의 처분에 맡긴다. 그를 일으켜 세우고, 테이블에서 약간 떨어진 곳으로 데
려가며 줄곧 세심히 그를 살핀다.) 햇볕 쪽으로 고개를 돌려봐요. (그녀는
그가 창 쪽을 향하게 한다.) 아니, 우리 아이[모렐]가 피로해 보이네. 과
로하는 것 아녜요?

MORELL   Nothing more than usual.

CANDIDA   He looks very pale, and grey, and wrinkled, and old. [*His melancholy deepens: and she attacks it with wilful gaiety*]. Here: [*pulling him towards the easy chair*] you've done enough writing for today. Leave Prossy to finish it. Come and talk to me.

MORELL   But —

CANDIDA   [*insisting*] Yes, I MUST be talked to. [*She makes him sit down, and seats herself on the carpet beside his knee*]. Now [*patting his hand*] you're beginning to look better already. Why must you go out every night lecturing and talking? I hardly have one evening a week with you. Of course what you say is all very true; but it does no good: they don't mind what you say to them one little bit. They think they agree with you; but what's the use of their agreeing with you if they go and do just the opposite of what you tell them the moment your back is turned? Look at our congregation at St Dominic's! Why do they come to hear you talking about Christianity every Sunday? Why, just because they've been so full of business and money-making for six days that they want to forget all about it and have a rest on the seventh; so that they can go back fresh and make money harder than ever! You positively help them at it instead of hindering them.

모렐　평소 하는 대로지.

캔디다　얼굴색이 매우 창백한 잿빛에다 주름까지 졌네요. (그는 더욱 우울해지고, 그녀는 의도적으로 유쾌하게 보인다.) 이리 와요. (안락의자로 데려가며) 오늘 쓰는 일은 충분히 했어요. 마무리는 프로시에게 맡기세요. 이제 나하고 얘기하게요.

모렐　하지만ㅡ

캔디다　(고집하며) 왜요, 나하고도 얘기 좀 해야죠. (그를 앉히고, 그의 무릎 옆 카펫에 앉는다.) 자 (그의 손을 토닥거리면서) 벌써 얼굴빛이 달라졌잖아요. 왜 당신은 매일 밤 강연과 토론을 하러 다녀야만 하죠? 거의 일주일에 하룻저녁도 당신과 함께 하기가 힘들어요. 물론 당신이 하는 말은 온통 매우 옳은 말이죠. 하지만 그건 아무런 소용이 없어요. 사람들은 당신이 그들에게 하는 말에 추호도 관심이 없다고요. 그들이 당신 말에 찬성은 하죠. 하지만 당신이 등을 돌리는 즉시 당신이 말한 것의 정반대로 행동한다면, 당신에 대한 그들의 찬성이 무슨 소용이 있죠? 우리 성 도미니크 성당의 신자들을 생각해 보자고요. 왜 그들이 주일마다 기독교에 대한 당신의 설교를 들으러 오죠? 왜죠? 왜냐하면 그들은 6일 동안 온통 사업과 돈벌이에 시달려서 주일에는 그 모든 걸 잊고 쉬고 싶기 때문이죠. 그래야 그들은 새로운 기분으로 돌아가 여느 때보다 더 열심히 돈벌이를 할 수 있을 테니까요! 당신은 그들을 방해하기보다는 그들이 그걸 더 잘하도록 긍정적으로 도와주는 거라고요.

MORELL   [*with energetic seriousness*] You know very well, Candida, that I often blow them up soundly for that. And if there is nothing in their churchgoing but rest and diversion, why don't they try something more amusing? More self-indulgent? There must be some good in the fact that they prefer St Dominic's to worse places on Sundays.

CANDIDA   Oh, the worse places aren't open; and even if they were, they daren't be seen going to them. Besides, James, dear, you preach so splendidly that it's as good as a play for them. Why do you think the women are so enthusiastic?

MORELL   [*shocked*] Candida!

CANDIDA   Oh, I know. You silly boy[50]: you think it's your Socialism and your religion; but if it were that, they'd do what you tell them instead of only coming to look at you. They all have Prossy's complaint.

MORELL   Prossy's complaint! What do you mean, Candida?

CANDIDA   Yes, Prossy, and all the other secretaries you ever had. Why does Prossy condescend to[51] wash up the things, and to peel potatoes and abase herself in all manner of ways for six shillings a week less than she used to get in a city office? She's in love with you, James: that's the reason. They're all in love with you.

---

50) You silly boy: 이 바보 같은 녀석!

51) condescend to: 체면을 버리고 ―하다

144

모렐　(활기찬 진지함으로) 캔디다, 내가 사람들의 그런 점을 종종 호되게 질타하고 있다는 걸 당신도 매우 잘 알잖소. 그리고 사람들이 단지 휴식과 전환을 위해서만 교회에 온다면, 왜 그들은 그보다 재미있고, 보다 방종한 어떤 것을 하려고 하지 않을까요? 그들이 주일에 나쁜 데를 가기보다는 성 도미니크 성당에 나오길 선호한다는 사실만으로도 좋은 일이오.

캔디다　오, 나쁜 데는 문을 열지 않아요. 설사 문을 연 데가 있다고 할지라도, 사람들은 그런 곳에 가는 것을 보이고 싶지 않겠죠. 게다가 여보, 제임스, 당신의 설교가 정말 뛰어나서 그들의 입장에서는 연극 한 편 보는 것 못지않다고요. 왜 여자들이 그렇게 열광한다고 생각해요?

모렐　(충격을 받아) 캔디다!

캔디다　오, 알아요. 바보 같은 양반. 그건 당신의 사회주의 사상과 종교 때문이라고 생각하시겠죠. 하지만 그게 그렇다면,. 그 여자들은 당신 얼굴만 쳐다보러 오는 대신에 당신이 설교한 대로 행동을 해야죠. 그들 모두 프로시 질환을 앓고 있다고요.

모렐　프로시 질환이라니! 캔디다, 무슨 소리요?

캔디다　네, 프로시, 그리고 당신이 데리고 있었던 여타의 모든 비서들이 앓았던 질환 말이에요. 왜 프로시가 시청에서 근무했을 때 받던 것보다 더 적은 주 6실링을 받으면서 체면도 버리고, 설거지도 하고, 감자껍질도 벗기고, 온갖 종류의 방식으로 자신을 낮춘다고 생각하세요? 제임스, 그녀가 당신을 사랑하기 때문이에요. 그게 이유죠. 그들 모두 당신을 사랑한다고요.

And you are in love with preaching because you do it so beautifully. And you think it's all enthusiasm for the kingdom of Heaven on earth; and so do they. You dear silly!

MORELL   Candida: what dreadful! What soul-destroying cynicism! Are you jesting? Or—can it be?—are you jealous?

CANDIDA   [*with curious thoughtfulness*] Yes, I feel a little jealous sometimes.

MORELL   [*incredulously*] Of Prossy?

CANDIDA   [*laughing*] No, no, no, no. Not jealous of anybody. Jealous for somebody else, who is not loved as he ought to be.

MORELL   Me?

CANDIDA   You! Why, you're spoiled with love and worship: you get far more than is good for you. No: I mean Eugene.

MORELL   [*startled*] Eugene!

CANDIDA   It seems unfair that all the love should go to you, and none to him; although he needs it so much more than you do. [*A convulsive movement shakes him in spite of himself*]. What's the matter? Am I worrying you?

MORELL   [*hastily*] Not at all. [*Looking at her with troubled intensity*] You know that I have perfect confidence in you, Candida.

CANDIDA   You vain thing! Are you so sure of your irresistible attractions?

당신은 당신이 설교를 아주 잘하니까 설교를 사랑하고요. 그런데도 당신은 그 모든 것이 이 땅에 하나님의 나라를 건설하기 위한 열광이고, 사람들도 그럴 것이라고 생각하죠. 바보 같은 양반!

모렐 캔디다. 이 무슨 고약한 소리요! 그건 지겹도록 단조로운 냉소주의요! 당신 농담하는 거요? 아니면—설마?—당신 질투하는 거요?

캔디다 (호기심 많은 생각에 잠겨) 네, 때때로 약간 질투를 느껴요.

모렐 (믿을 수 없다는 듯이) 프로 씨를 말이요?

캔디다 (웃으면서) 아니, 아뇨, 아뇨, 아녜요. 어느 누구를 질투하는 게 아녜요. 마땅히 사랑을 받아야만 하는데 사랑을 받지 못하는 다른 누군가를 위해 질투하는 거죠.

모렐 나 말이요?

캔디다 당신요! 아니, 당신은 사랑과 존경 때문에 탈인걸요. 당신은 너무 많이 받아서 문제예요. 당신은 아니에요. 내 말은 유진이죠.

모렐 (놀라서) 유진!

캔디다 모든 사랑이 당신한테만 몰리고 유진에게는 전혀 돌아가지 않는 것은 불공평해요. 그 애는 당신보다도 훨씬 더 사랑이 필요한데도 말이에요. (모렐이 자신도 모르게 경련을 일으킨다.) 왜 그래요? 제가 걱정을 끼쳐드렸나요?

모렐 (서둘러) 천만에. (불안해서 격렬하게 그녀를 바라보며) 캔디다, 난 당신을 절대적으로 신뢰하고 있소.

캔디다 자만심이 강하기도 하시지! 당신이 그토록 타의 추종을 불허할 매력의 소유자라고 확신하시나요?

MORELL	Candida: you are shocking me. I never thought of my attractions. I thought of your goodness, of your purity. That is what I confide in.
CANDIDA	What a nasty uncomfortable thing to say to me! Oh, you area clergyman, James: a thorough clergyman!
MORELL	[*turning away from her, heart-stricken*] So Eugene says.
CANDIDA	[*with lively interest, leaning over*[52] *to him with her arms on his knee*] Eugene's always right. He's a wonderful boy: I have grown fonder and fonder of him all the time I was away. Do you know, James, that though he has not the least suspicion of it himself, he is ready to fall madly in love with me?
MORELL	[*grimly*] Oh, he has no suspicion of it himself, hasn't he?
CANDIDA	Not a bit. [*She takes her arms from his knee, and turns thoughtfully, sinking into a more restful attitude with her hands in her lap*] Some day he will know: when he is grown up and experienced, like you. And he will know that I must have known. I wonder what he will think of me then.
MORELL	No evil, Candida. I hope and trust, no evil.
CANDIDA	[*dubiously*] That will depend.
MORELL	[*bewildered*] Depend!
CANDIDA	[*looking at him*] Yes: it will depend on what happens to him. [*He looks vacantly at her*]. Don't you see?

---

52) lean over: ㅡ너머로 몸을 구부리다, 위로 상체를 구부리다

모렐 캔디다. 그 무슨 터무니없는 소리요. 난 내 매력을 결코 생각하지 않았어요. 당신의 선량함과 순결을 생각했단 말이오. 그게 나의 속 내요.

캔디다 나에 대한 정말 형편없고 불쾌한 소리로군요! 오, 당신은 목사로군요, 제임스. 철두철미한 목사 말예요!

모렐 (그녀에게 몸을 돌리며 슬픔에 잠겨) 유진도 그렇게 말을 했는데.

캔디다 (의욕적으로 관심을 가지고, 그의 무릎에 두 팔을 얹고 몸을 구부리며) 유진은 항상 옳아요. 그 애는 대단한 애예요. 여행 가 있는 동안 줄곧 그 애가 점점 더 좋아졌어요. 아세요? 제임스, 그 애는 자신도 모르는 사이에 나한테 홀딱 빠져 있다는 걸 말예요.

모렐 (단호하게) 자신도 모르는 사이에?

캔디다 전혀요. (그녀는 그의 무릎에서 두 팔을 거두고 상념에 잠기며, 그녀의 무릎에 두 손을 올린 채 보다 편안한 태도를 취한다.) 언젠가 그 애는 알게 될 거예요. 그 애가 자라서 당신만큼 경륜을 쌓게 되면요. 그러니까 그 애는 내가 알고 있었음을 틀림없이 알게 될 거예요. 그 애가 그 때 날 어떻게 생각할지 궁금해요.

모렐 불쾌하게 생각하지 않을 거요, 캔디다. 불쾌하게 생각하지 않길 바라고 그렇게 믿어요.

캔디다 (미심쩍은 듯이) 그건 경우에 따라 다르겠죠.

모렐 (당황해서) 경우에 따라!

캔디다 (그를 보며) 네. 그건 장차 그 애가 어떻게 되느냐에 달렸죠. (모렐은 멍하니 그녀를 본다.) 모르겠어요?

It will depend on how he comes to learn what love really is. I mean on the sort of woman who will teach it to him.

MORELL [*quite at a loss*] Yes. No. I don't know what you mean.

CANDIDA [*explaining*] If he learns it from a good woman, then it will be all right: he will forgive me.

MORELL Forgive?

CANDIDA But suppose he learns it from a bad woman, as so many men do, especially poetic men, who imagine all women are angels! Suppose he only discovers the value of love when he has thrown it away and degraded himself in his ignorance! Will he forgive me then, do you think?

MORELL Forgive you for what?

CANDIDA [*realizing how stupid he is, and a little disappointed, though quite tenderly so*] Don't you understand? [*He shakes his head. She turns to him again, so as to explain with the fondest intimacy*]. I mean, will he forgive me for not teaching him myself? For abandoning him to the bad women for the sake of my goodness, of my purity, as you call it? Ah, James, how little you understand me, to talk of your confidence in my goodness and purity! I would give them both to poor Eugene as willingly as I would give my shawl to a beggar dying of cold, if there were nothing else to restrain me.

그건 그 애가 진실한 사랑이 무엇인지를 어떻게 배우느냐에 달린 거라고요. 내 말은 그 진실한 사랑을 어떤 종류의 여자에게서 배우느냐에 달렸다는 거예요.

모렐 (아주 어쩔 줄을 몰라서) 그래. 아냐. 무슨 말인지 모르겠는걸.

캔디다 (설명하면서) 만일 그 애가 그걸[진실한 사랑을] 선한 여자에게서 배우게 된다면, 괜찮겠죠. 그 애는 날 용서할 거예요.

모렐 용서라고?

캔디다 하지만 그 애가 나쁜 여자에게서 배운다면, 매우 많은 남자들, 특히 그 애처럼 모든 여자들이 천사라고 생각하는 시인들이 그러듯이 말예요! 그 애가 무지해서 이미 사랑을 버리고 자신을 타락시킨 뒤에야 비로소 사랑의 가치를 발견하게 된다면! 그 애가 그 때 날 용서할 거라고 생각하세요?

모렐 당신의 뭘 용서한다는 거요?

캔디다 (그가 얼마나 어리석은지를 깨닫고, 약간 실망하면서도 아주 친절하게) 이해가 안 되세요? (그는 머리를 흔든다. 그녀는 가장 다정한 친밀함으로 설명하기 위해서 다시 그에게 몸을 돌린다.) 내 말은요, 내가 가르쳐주지 않은 데 대해서 그 애가 날 용서할까요? 당신이 말한 나의 선량함과 순결을 위해 그 애를 나쁜 여자에게 내맡기는 점에 대해서요? 아, 제임스, 나의 선량함과 순결에 대하여 당신의 신뢰를 말하다니, 당신은 날 거의 이해하지 못하시는군요. 다른 어떤 것도 나를 제지하는 것이 없다면, 내가 추위로 죽어가는 거지에게 내 숄을 주는 것만큼이나 기꺼이 그 두 가지 것들[선량함과 순결]을 가련한 유진에게 주겠어요.

Put your trust in my love for you, James; for if that
went, I should care very little for your sermons: mere
phrases that you cheat yourself and others with every
day. [*She is about to rise*].

MORELL His words!

CANDIDA [*checking herself quickly in the act of getting up*] Whose
words?

MORELL Eugene's.

CANDIDA [*delighted*] He is always right. He understands you; he
understands me; he understands Prossy; and you,
darling, you understand nothing. [*She laughs, and kisses
him to console him. He recoils as if stabbed, and springs up*].

MORELL How can you bear to[53] do that when—Oh, Candida
[*with anguish in his voice*] I had rather you had plunged a
grappling iron into my heart than given me that kiss.

CANDIDA [*amazed*] My dear: what's the matter?

MORELL [*frantically waving her off*] Don't touch me.

CANDIDA James!!!

*They are interrupted by the entrance of Matchbanks with Burgess, who
stop near the door, staring.*

MARCHBANKS Is anything the matter?

---

53) bear to: —으로 향하다 cf. cannot bear[stand] to: 차마 —할 수 없다

당신에 대한 내 사랑을 믿으세요, 제임스. 그것마저 사라진다면, 난 당신이 매일같이 당신 자신과 남들을 속이는 말장난에 지나지 않는 당신의 설교 따위에는 거의 관심을 갖지 않을 것이기 때문이에요. (그녀가 일어나려 한다.)

모렐 　 똑같은 소리야!

캔디다 　 (일어나려는 행동을 자제하며) 똑같은 소리라뇨?

모렐 　 유진이 한 말과요.

캔디다 　 (기뻐하며) 그 애 말은 항상 옳다니까요. 그 애는 당신을 이해하고 있어요. 나도 이해하고요. 프로시도 이해해요. 그런데 여보, 당신은 아무것도 이해 못해요. (그녀는 웃으며, 그를 위로하기 위해 키스한다. 그는 마치 칼에 찔린 듯 움찔하더니, 벌떡 일어선다.)

모렐 　 아니, 그런 말을 하면서 어찌 내게 키스를 할 수 있소 ─ 오, 캔디다 (괴로운 목소리로) 당신이 내게 그런 키스를 하느니 오히려 내 심장에 쇠갈고리를 꽂는 것이 나았을 거요.

캔디다 　 (놀라서) 여보. 왜 그래요?

모렐 　 (필사적으로 그녀를 물리치며) 날 건드리지 말아요.

캔디다 　 제임스!

그들은 문가에 멈춰서 그들을 바라보고 있는 유진과 버게스의 등장으로 방해받는다.

마치뱅크스 　 무슨 일 있어요?

MORELL   [*deadly white, putting an iron constraint on*[54] *himself*] Nothing but this: that either you were right this morning, or Candida is mad.

BURGESS   [*in loudest protest*] What! Candy mad too! Oh, come! Come! Come! [*He crosses the room to the fireplace, protesting as he goes, and knocks the ashes out of his pipe on the bars*].

Morell sits down at his table desperately, leaning forward to hide his face, and interlacing his fingers rigidly to keep them steady.

CANDIDA   [*to Morell, relieved and laughing*] Oh, you're only shocked! Is that all? How conventional all you unconventional people are! [*She sits gaily on the arm of the chair*[55]].

BURGESS   Come: be'ave yourself[56], Candy. What'll Mr Marchbanks think of you?

CANDIDA   This comes of James teaching me to think for myself[57], and never to hold back out of fear of what other people may think of me. It works beautifully as long as I think the same things as he does. But now! Because I have just thought something different! Look at him! Just look! [*She points to Morell, greatly amused*].

---

54) put a constraint on[upon]: ―을 제약하다
55) sit[perch] on the arm of a chair: 의자의 팔걸이에 걸터앉다
56) Behave (or Behave yourself): 점잖게[얌전하게] 굴어라
57) think for oneself: 혼자서 생각하다, 제 마음대로 판단하다

모렐　(얼굴이 창백해지고, 극도로 자제하며) 아무것도 아니다. 다만 오늘 아침에 네가 옳았거나, 아니면 캔디다가 미쳤거나 둘 중 하나다.

버게스　(큰소리로 반발하며) 뭐라고! 캔디까지 미쳤다고! 오, 이런, 이런, 이럴 수가! (믿을 수 없다는 듯 방을 가로질러 벽난로 쪽으로 가서 파이프의 재를 턴다.)

　모렐은 필사적으로 테이블에 가서 앉아 몸을 앞으로 숙여 얼굴을 가리고 떨리는 것을 가리기 위해 양 손을 깍지 끼운다.

캔디다　(모렐에게, 한숨 돌리고 웃으며) 오, 당신이 그렇게 충격을 받을 줄이야! 그게 당신의 진면목인가요? 모든 진보적인 사람들이 더 보수적이라니까요! (유쾌하게 의자의 팔걸이에 걸터앉는다.)

버게스　자. 캔디, 얌전히 굴어라. 마치뱅크스 씨가 어떻게 생각하겠니?

캔디다　이건 제임스가 저한테 제 마음대로 판단하고, 남이 저를 어찌 생각할까를 결코 두려워하지 말라고 가르친 결과라고요. 제 생각과 그 사람 생각이 똑같을 땐 아무런 문제가 없죠. 하지만 지금! 제가 그저 다른 생각을 말했더니! 저 사람 좀 보세요! 보시라고요! (그녀는 모렐을 가리키며 몹시 재미있어 한다.)

Eugene looks, and instantly presses his hand on his heart, as if some pain had shot through it. He sits down on the sofa like a man witnessing a tragedy.

BURGESS   [*on the hearthrug*] Well, James, you certainly ain't as impressive lookin' as usu'l.

MORELL   [*with a laugh which is half a sob*] I suppose not. I beg all your pardons: I was not conscious of making a fuss. [*Pulling himself together*[58]] Well, well, well, well, well! [*He sets to work at his papers again with resolute cheerfulness*].

CANDIDA   [*going to the sofa and sitting beside Marchbanks, still in a bantering humor*] Well, Eugene: why are you so sad? Did the onions make you cry?

MARCHBANKS   [*aside to her*] It is your cruelty. I hate cruelty. It is a horrible thing to see one person make another suffer.

CANDIDA   [*petting him ironically*] Poor boy! Have I been cruel? Did I make it slice nasty little red onions?

MARCHBANKS   [*earnestly*] Oh, stop, stop: I don't mean myself. You have made him suffer frightfully. I feel his pain in my own heart. I know that it is not your fault: it is something that must happen; but don't make light of[59] it. I shudder when you torture him and laugh.

---

58) pull oneself together: 기운[용기, 침착]을 되찾다, 냉정해지다, 자제하다

59) make light of something: ㅡ을 가볍게 다루다, ㅡ을 가볍게 여기다, ㅡ을 가볍게 농담처럼 다루다, ㅡ을 경시하다

유진이 이 광경을 보고 마치 통증이 가득한 것처럼 즉시 그의 가슴에 손을 얹는다. 그는 비극을 관람하는 관객처럼 소파에 앉는다.

버게스　(벽난로 앞 깔개에서) 이보게, 제임스, 자네는 확실히 평소만큼 인상적이지 못하군.

모렐　(울음 섞인 웃음을 지으며) 그래요. 정말 죄송합니다. 제가 소란을 피운 것 같군요. (기운을 되찾으며) 자, 자, 자, 자, 자! (기분이 좋아지려고 마음먹은 듯 다시 서류작업을 시작한다.)

캔디다　(소파로 가서 유진 옆에 앉아 여전히 정감 어린 유머로) 그래, 유진. 왜 너는 그렇게 슬픈 표정을 짓고 있니? 양파 때문에 눈물이 났니?

마치뱅크스　(그녀에게 방백으로) 사모님의 잔인함 때문이에요. 전 잔인함을 증오해요. 어떤 사람이 다른 사람을 고통스럽게 하는 건 끔찍한 일이에요.

캔디다　(반어적으로 그를 토닥거리며) 저런! 내가 잔인하게 대했다고? 내가 고약한 붉은 양파들을 자르라고 시켰니?

마치뱅크스　(진지하게) 오, 그만하세요. 그만해요. 제 얘기를 한 게 아녜요. 목사님을 몹시 괴롭혔잖아요. 그 고통이 제 가슴에서도 느껴져요. 전 그게 사모님의 잘못이 아니고, 발생해야만 하는 어떤 일임을 알고 있어요. 하지만 그걸 경시해서는 안 되죠. 사모님께서 목사님을 괴롭히면서 웃으시는 걸 보니 소름이 끼쳐요.

CANDIDA	[*incredulously*] I torture James! Nonsense, Eugene: how you exaggerate! Silly! [*She rises and goes to the table, a little troubled*]. Don't work any more, dear Come and talk to us.
MORELL	[*affectionately but bitterly*] Ah no: I can't talk. I can only preach.
CANDIDA	[*caressing his hand*] Well, come and preach.
BURGESS	[*strongly remonstrating*] Aw no, Candy. 'Ang it all![60]

Lexy Mill comes in, anxious and important.

LEXY	[*hastening to shake hands with Candida*] How do you do, Mrs Morell? So glad to see you back again.
CANDIDA	Thank you, Lexy. You know Eugene, don't you?
LEXY	Oh yes. How do you do, Marchbanknks?
MARCHBANKS	Quite well, thanks.
LEXY	[*to Morell*] I've just come from the Guild of St Matthew. They are in the greatest consternation[61] about your telegram.
CANDIDA	What did you telegraph about, James?
LEXY	[*to Candida*] He was to have spoken for them tonight. They've taken the large hall in Mare Street and spent a lot of money on posters. Morell's telegram was to say he couldn't come. It came on them like a thunderbolt.

---

60) Hang it all!: 제기랄!, 빌어먹을!

61) in[with] consternation: 깜짝 놀라서, 크게 놀라서

158

캔디다 (못 믿겠다는 듯이) 내가 제임스를 괴롭힌다고? 말도 안 돼, 유진. 과장
도 유분수지! 어리석기는! (그녀가 일어나 테이블로 가서 약간 걱정하는 투
로) 여보, 일은 그만하세요. 와서 우리와 얘기하게요.

모렐 (다정하나 비통하게) 아 아뇨. 난 얘기 못해요. 내가 할 줄 아는 건 설
교뿐인걸.

캔디다 (그의 손을 쓰다듬으며) 그럼, 와서 설교하세요.

버게스 (강력히 항의하며) 저런, 안 돼, 캔디. 제기랄!

렉시 밀이 불안하고 권위 있는 모습으로 들어온다.

렉시 (서둘러 캔디다와 악수하며) 모렐 사모님, 안녕하세요? 다시 뵙게 되어
반갑습니다.

캔디다 고마워요, 렉시. 유진, 알죠?

렉시 오 네. 안녕하세요, 마치뱅크스 씨?

마치뱅크스 잘 지냅니다.

렉시 (모렐에게) 성 마태 길드에서 오는 길인데요. 목사님 전보를 받고 지
금 큰 난리가 났습니다.

캔디다 제임스, 당신이 뭐라고 전보를 쳤는데요?

렉시 (캔디다에게) 오늘밤 강연을 하시기로 되어 있었거든요. 메어 스트리
트의 큰 홀을 빌렸고 포스터에 많은 돈을 썼대요. 그런데 목사님께
서 갈 수 없다고 전보를 쳤거든요. 그쪽에선 날벼락을 맞은 셈이죠.

CANDIDA   [*surprised, and beginning to suspect something wrong*] Given up an engagement to speak!

BURGESS   First time in his life, I'll bet. Ain't it, Candy?

LEXY   [*to Morell*] They decided to send an urgent telegram to you asking whether you could not change your mind. Have you received it?

MORELL   [*with restrained impatience*] Yes, yes: I got it.

LEXY   It was reply paid.

MORELL   Yes, I know. I answered it. I can't go.

CANDIDA   But why, James?

MORELL   [*almost fiercely*] Because I don't choose. These people forget that I am a man: they think I am a talking machine to be turned on for their pleasure every evening of my life. May I not have one night at home, with my wife, and my friends?

They are all amazed at this outburst, except Eugene. His expression remains unchanged.

CANDIDA   Oh, James, you mustn't mind what I said about that. And if you don't go you'll have an attack of bad conscience[62] tomorrow.

LEXY   [*intimidated, but urgent*] I know, of course, that they make the most unreasonable demands on you.

---

62) bad conscience: 양심의 가책

캔디다   (놀라면서, 잘못된 어떤 것을 의심하기 시작하며) 강연 약속을 취소하다니!

버게스   난생 처음 있는 일이지, 틀림없이. 그렇지 않느냐, 캔디?

렉시   (모렐에게) 그들은 목사님께서 마음을 바꾸실 수 없는지 여부를 묻는
       긴급전보를 치기로 결정했답니다. 받으셨나요?

모렐   (꾹 참으며) 그래, 그렇지. 받았어.

렉시   반신료 선납 전보였지요.

모렐   그래, 나도 알아. 회신했어. 못 간다고.

캔디다   하지만, 왜요, 제임스?

모렐   (거의 맹렬하게) 왜냐하면 가고 싶지 않으니까. 이 사람들은 나도 사람
       이라는 걸 모르나봐. 내가 일생동안 매일 저녁 그들을 기쁘게 하기
       위해 켜지는 말하는 기계라고 생각하는 모양이지. 나라고 하룻저녁
       집에서 아내와 친구들과 지내면 안 되나?

유진만 제외하고 그들 모두 이러한 폭발에 놀란다. 그의 표정은 변하지 않고 있다.

캔디다   오, 제임스, 당신 내가 한 말에 대해서 신경 쓰지 말아요. 하지만 당
       신이 안 가시면 내일 양심의 가책을 받으실 거예요.

렉시   (겁을 내며, 그러나 급하게) 물론, 저도 그 사람들이 목사님께 무척이나
       지나친 요구를 하는 건 압니다.

But they have been telegraphing all over the place for another speaker; and they can get nobody but the President of the Agnostic League.

MORELL [*promptly*] Well, an excellent man. What better do they want?

LEXY But he always insists so powerfully on the divorce of Socialism from Christianity. He will undo all the good we have been doing. Of course you know best; but − [*He shrugs his shoulders and wanders to the hearth beside Burgess*].

CANDIDA [*coaxingly*] Oh, do go, James. We'll all go.

BURGESS [*grumblingly*] Look 'ere, Candy! I say! Let's stay at home by the fire, comfortable. He won't need to be more'n a couple-o'-hour away.

CANDIDA You'll be just as comfortable at the meeting. We'll all sit on the platform and be great people.

MARCHBANKS [*terrified*] Oh please don't let us go on the platform. No: everyone will stare at us: I couldn't. I'll sit at the back of the room.

CANDIDA Don't be afraid. They'll be too busy looking at James to notice you.

MORELL Prossy's complaint, Candida! Eh?

CANDIDA [*gaily*] Yes: Prossy's complaint.

BURGESS [*mystified*] Prossy's complaint! What are you talkin about, James?

MORELL [*not heeding him, rises; goes to the door; and holds it open, calling in a commanding tone*] Miss Garnett.

그 사람들이 다른 연사를 찾기 위하여 백방으로 전보를 치고 있답니다. 그런데 가능한 사람은 불가지론 연맹 회장뿐이랍니다.

모렐 (신속하게) 그래, 훌륭한 사람이지. 뭘 더 바라겠어?

렉시 하지만 그 사람은 기독교와 사회주의의 분리를 항상 강력하게 주장하는 사람이잖아요. 그 사람은 우리가 해온 모든 노력을 망치게 할 거예요. 물론 목사님께서 가장 잘 알고 계시죠. 하지만─(그는 어깨를 으쓱하고는 벽난로 쪽의 버게스 옆으로 간다.)

캔디다 (달래듯이) 오, 제임스, 가세요. 우리도 모두 갈게요.

버게스 (투덜대며) 얘, 캔디! 내 말은! 편하게, 집에서 난롯가에 있자꾸나. 저 사람 두 시간가량도 채 안 걸릴 텐데 뭐.

캔디다 그 모임에 가셔도 편안하실 거예요. 우리 모두 연단 위에 대단한 사람들처럼 앉을 테니까요.

마치뱅크스 (공포에 질려) 오 제발 연단 위에는 올라가지 말아요. 안 돼요. 모두가 우릴 쳐다볼 거라고요. 전 못해요. 전 뒤에 앉겠어요.

캔디다 두려워할 것 없단다. 사람들은 제임스를 쳐다보기에 바빠서 넌 눈에 들어오지도 않을 테니까.

모렐 그게 프로시의 병이지, 캔디다! 안 그래?

캔디다 (즐겁게) 맞아요. 프로시의 병이죠.

버게스 (의아해서) 프로시의 병이라니! 대체 그게 무슨 소린가, 제임스?

모렐 (들은 척도 안하고 일어나서 문으로 간다. 그리고 문을 연 채 명령조로 부른다.) 미스 가넷!

PROSERPINE   [*in the distance*] Yes, Mr Morell. Coming.

They all wait, except Burgess, who turns stealthily to Lexy.

BURGESS   Listen here, Mr Mill, what's Prossy's complaint?
What's wrong with 'er?

LEXY   [*confidentially*] Well, I don't exactly know; but she
spoke very strangely to me this morning. I'm afraid
she's a little out of her mind sometimes.

BURGESS   [*overwhelmed*] Why, it must be catchin'[63]! Four in the
same 'ouse!

*He goes back to the hearth, quite lost before the instability of the
human intellect in a clergyman's house.*

PROSERPINE   [*appearing on the threshold*] What is it, Mr Morell?

MORELL   Telegraph to the Guild of St Matthew that I am
coming.

PROSERPINE   [*surprised*] Don't they expect you?

MORELL   [*peremptorily*] Do as I tell you.

*Proserpine, frightened, sits down at her typewriter, and obeys. Morell,
now unaccountably resolute and forceful' goes across to Burgess. Candida
watches his movements with growing wonder and misgiving.*

---

63) catching: (질병이) 잘 옮는[전염되는], (감정이나 분위기가) 전염성이 있는

프로서핀   (멀리서) 네, 목사님. 갑니다.

모두 기다린다. 버게스만 슬그머니 렉시에게 향한다.

버게스   이보게, 미스터 밀, 프로시의 병이 뭔가? 그 여자 어디 아픈가?
렉시   (은밀하게) 글쎄요, 저도 잘은 모르겠는데요, 그녀가 오늘 아침에 저
        한테 매우 이상한 소리를 했거든요. 제 생각엔 그녀가 때로는 약간
        제 정신이 아닌 것 같아요.
버게스   (어리벙벙해서) 아니, 전염병이 틀림없군! 같은 집에 네 명이나 미쳤다
        니!

그는 벽난로로 돌아가며 목사의 집에서 벌어지는 인간 지성의 불안정 앞에 매우
어찌할 바를 몰라 한다.

프로서핀   (문턱에 나타나) 부르셨어요, 목사님?
모렐   내가 강연하러 갈 거라고 성 마태 길드에 전보를 치게.
프로서핀   (놀라면서) 알고 있지 않을까요?
모렐   (단호하게) 말하는 대로 하라고.

프로서핀은 겁을 먹고 타자기 앞에 앉아 시킨 대로 한다. 모렐은 이해할 수 없을
정도로 단호하고 힘 있게 버게스에게 다가간다. 캔디다는 커지는 궁금증과 불안감으
로 그의 움직임을 주시한다.

MORELL	Burgess: you don't want to come?
BURGESS	[*in deprecation*] Oh, don't put it like that, James. It's only that it ain't Sunday, you know.
MORELL	I'm sorry. I thought you might like to be introduced to the chairman. He's on the Works Committee of the County Council, and has some influence in the matter of contracts. [*Burgess wakes up at once*]. You'll come?
BURGESS	[*with enthusiasm*] Course I'll come, James. Ain't it always a pleasure to 'ear [hear] you!
MORELL	[*turning to Prossy*] I shall want you to take some notes at the meeting, Miss Garnett, if you have no other engagement. [*She nods, afraid to speak*]. You are coming, Lexy, I suppose?
LEXY	Certainly.
CANDIDA	We're all coming, James.
MORELL	No: you are not coming; and Eugene is not coming. You will stay here and entertain him — to celebrate your return home. [*Eugene rises, breathless*].
CANDIDA	But, James —
MORELL	[*authoritatively*] I insist. You do not want to come; and he does not want to come. [*Candida is about to protest*]. Oh, don't concern yourselves[64]: I shall have plenty of people without you: your chairs will be wanted by unconverted people who have never heard me before.
CANDIDA	[*troubled*] Eugene: wouldn't you like to come?

---

64) don't concern yourself: 신경 쓰지 마라

모렐   장인어른. 가기 싫으시다고요?

버게스   (항의조로) 오, 그게 아닐세, 제임스. 다만 일요일도 아니고 해서 말이야.

모렐   안 됐군요. 전 장인어른께 의장을 소개해드릴까 했는데. 그 양반이
        주의회 노동 위원회 소속이어서, 입찰 건에도 상당한 영향력을 행사
        하죠. (버게스는 귀가 번쩍 뜨인다.) 가실래요?

버게스   (솔깃해서) 물론, 가다마다, 제임스. 자네 강연은 언제 들어도 항상 즐
        겁거든.

모렐   (프로시를 향해) 미스 가넷, 오늘 별일 없으면 그 모임에서 기록을 맡
        아주었으면 하는데. (그녀는 말하기를 두려워하며, 고개를 끄덕인다.) 렉시,
        자네도 갈 거지?

렉시   물론이죠.

캔디다   제임스, 우리 모두 갈 거예요.

모렐   아니요. 당신은 올 것 없소. 그리고 유진도 마찬가지고. 당신은 여
        기 있으면서 유진을 접대하세요. 당신의 귀가를 축하하면서 말이오.
        (유진은 숨이 가쁜 듯 일어선다.)

캔디다   하지만 제임스―

모렐   (명령적으로) 그렇게 해요. 당신은 가고 싶지 않고, 그리고 유진도 가
        고 싶어 하지 않소. (캔디다가 항의하려 한다.) 오, 신경 쓰지 말아요. 당
        신들이 안 와도 사람들은 얼마든지 있으니까. 당신들의 의자엔 전에
        내 강연을 한 번도 들은 적이 없던 비신자들을 앉힐 거요.

캔디다   (걱정스러워서) 유진. 너도 가고 싶지 않니?

MORELL	I should be afraid to let myself go before Eugene: he is so critical of sermons. [*Looking at him*] He knows I am afraid of him: he told me as much this morning. Well, I shall shew him how much afraid I am by leaving him here in your custody, Candida.
MARCHBANKS	[*to himself, with vivid feeling*] That's brave. That's beautiful.
CANDIDA	[*with anxious misgiving*] But—but—Is anything the matter, James? [*Greatly troubled*] I can't understand—
MORELL	[*taking her tenderly in his arms*[65] *and kissing her on the forehead*] Ah, I thought it was I who couldn't understand, dear.

---

65) take a person in one's arms: —을 두 팔로 껴안다

모렐   난 유진 앞에서 강연할 자신이 없소. 유진은 설교를 우습게 아니까. (그를 보며) 얘는 내가 저를 두려워한다고 알고 있고, 바로 오늘 아침에 내게 그렇게 말했소. 그래서 유진을 여기 당신에게 맡겨둠으로써 내가 저를 얼마나 두려워하는지 보여줄 작정이오, 캔디다.

마치뱅크스   (자신에게, 강렬한 기분으로) 용감해요. 멋져요.

캔디다   (염려에 찬 불안감으로) 하지만ㅡ하지만ㅡ무슨 일이 있어요, 제임스? (매우 걱정이 되어서) 난 이해할 수가 없어요ㅡ

모렐   (부드럽게 그녀를 두 팔로 껴안고 그녀의 이마에 키스하면서) 아, 여보, 이해 못하는 사람은 바로 나라고 생각했는데.

ACT III

*Past ten in the evening. The curtains are drawn, and the lamps lighted.
The typewriter is in its case: the large table has been cleared and tidied:
everything indicates that the day's work is over.*

*Candida and Marchbanks are sitting by the fire. The reading lamp is
on the mantelshelf above Marchbanks, who is in the small chair, reading
aloud. A little pile of manuscripts and a couple of volumes of poetry are on
the carpet beside him. Candida is in the easy chair. The poker, a light brass
one, is upright in her hand. Leaning back and looking intently at the point
of it, with her feet stretched towards the blaze, she is in a waking dream,
miles away from the surroundings and completely oblivious of Eugene.*

MARCHBANKS   [*breaking off in his recitation*] Every poet that ever lived
              has put that thought into a sonnet. He must: he can't
              help it. [*He looks to her for assent, and notices her
              absorption in the poker*]. Haven't you been listening? [*No
              response*]. Mrs Morell!

CANDIDA   [*starting*] Eh?

MARCHBANKS   Haven't you been listening?

CANDIDA   [*with a guilty excess of politeness*] Oh yes. It's very nice.

3막

밤 열 시가 지났다. 커튼이 쳐있고 램프가 켜있다. 타자기는 케이스에 넣어져 있고 큰 테이블은 말끔히 정돈돼 있다. 모든 것이 하루의 일과가 끝났음을 나타낸다.

캔디다와 마치뱅크스는 난로 앞에 앉아 있다. 독서용 램프가 마치뱅크스의 머리 맡 벽난로 위에 놓여 있고, 마치뱅크스는 작은 의자에 앉아서 큰소리로 책을 읽고 있다. 그의 옆 카펫에는 약간의 원고 뭉치와 시집 몇 권이 놓여 있다. 캔디다는 안락의자에 앉아 있다. 가벼운 황동으로 만든 부지깽이가 그녀의 손에 똑바로 들려 있다. 그녀는 불꽃을 향해 다리를 쭉 뻗은 채로 상체를 뒤로 젖히고 부지깽이 끝을 골똘하게 바라보고 있는데, 주위에서 멀리 떨어진 채 공상에 빠져 있으며 마치뱅크스는 전혀 의식하지 않고 있다.

마치뱅크스 (낭송을 멈추고) 지금까지 살았던 모든 시인들은 그 생각을 소네트에 담아냈어요. 그래야만 하고, 그럴 수밖에 없다고 생각해요. (그녀의 동의를 기대하지만, 그녀는 부지깽이에만 몰두하고 있다.) 안 듣고 계셨군요? (반응이 없다.) 사모님!

캔디다 (흠칫 놀라며) 응?

마치뱅크스 안 들으셨죠?

캔디다 (정중함을 넘어 가책을 느끼며) 오 들었어. 매우 좋더구나.

	Go on, Eugene. I'm longing to hear what happens to the angel.
MARCHBANKS	[*letting the manuscript drop from his hand to the floor*] I beg your pardon for boring you.
CANDIDA	But you are not boring me, I assure you. Please go on. Do, Eugene.
MARCHBANKS	I finished the poem about the angel quarter of an hour ago. I've read you several things since.
CANDIDA	[*remorsefully*] I'm so sorry, Eugene. I think the poker must have hypnotized me. [*She puts it down*].
MARCHBANKS	It made me horribly uneasy.
CANDIDA	Why didn't you tell me? I'd have put it down at once.
MARCHBANKS	I was afraid of making you uneasy too. It looked as if it were a weapon. If I were a hero of old I should have laid my drawn sword between us. If Morell bad come in he would have thought you had taken up the poker because there was no sword between us.
CANDIDA	[*wondering*] What? [*With a puzzled glance at him*]. I can't quite follow that. Those sonnets of yours have perfectly addled me. Why should there be a sword between us?
MARCHBANKS	[*evasively*] Oh, never mind. [*He stoops to pick up the manuscript*].
CANDIDA	Put that down again, Eugene. There are limits to my appetite for poetry: even your poetry. You've been reading to me for more than two hours, ever since James went out. I want to talk.

계속해라, 유진. 그 천사가 어찌 됐는지 듣고 싶구나.

마치뱅크스 (원고를 손에서 마루로 내려놓으며) 지루하게 해드려서 죄송해요.

캔디다 하나도 지루하지 않았어, 정말이야. 어서 계속해. 하라고, 유진.

마치뱅크스 그 천사에 관한 시는 15분 전에 끝냈는걸요. 그 후로도 시를 몇 편이나 더 읽어드렸어요.

캔디다 (양심의 가책을 받으며) 미안하다, 유진. 이 부지깽이가 내 혼을 빼앗아 갔나 봐. (그것을 내려놓는다.)

마치뱅크스 그게 절 지독히 불안하게 했다고요.

캔디다 왜 말하지 않았니? 즉시 내려놨을 텐데.

마치뱅크스 불편을 끼칠까봐서요. 그게 마치 무기처럼 보였어요. 만일 제가 옛날의 영웅이라면 칼을 빼서 우리 사이에 놓았을 거예요. 만약 목사님이 돌아오시면 우리 사이에 칼이 없으니까 그 대신 사모님께서 그 부지깽이를 들고 있는 걸로 생각하실 거예요.

캔디다 (궁금해서) 뭐라고? (어리둥절한 듯 그를 보며) 무슨 말인지 전혀 모르겠구나. 네가 읽어준 소네트가 나를 지극히 혼란스럽게 만드는구나. 왜 우리 둘 사이에 칼을 놓아야 한다는 거지?

마치뱅크스 (회피하듯) 오, 아무것도 아니에요. (원고를 집어 들기 위해 몸을 구부린다.)

캔디다 그걸 다시 내려놓아라, 유진. 네가 쓴 시라고 해도 더는 듣고 싶지 않다. 넌 제임스가 나간 이래로, 두 시간 넘는 동안 내게 시를 읊었지. 난 얘기를 하고 싶구나.

MARCHBANKS	[*rising, scared*] No: I mustn't talk. [*He looks round him in his lost way, and adds, suddenly*]. I think I'll go out and take a walk in the park. [*He makes for the door*].
CANDIDA	Nonsense: it's closed long ago. Come and sit down on the hearth-rug, and talk moonshine as you usually do. I want to be amused. Don't you want to?
MARCHBANKS	[*half in terror, half enraptured*] Yes.
CANDIDA	Then come along. [*She moves her chair back a little to make room*].

He hesitates; then timidly stretches himself on the hearth-rug, face upwards, and throws back his head across her knees, looking up at her.

MARCHBANKS	Oh, I've been so miserable all the evening, because I was doing right. Now I'm doing wrong; and I'm happy.
CANDIDA	[*tenderly amused at him*] Yes: I'm sure you feel a great grown-up wicked deceiver. Quite proud of yourself, aren't you?
MARCHBANKS	[*raising his head quickly and turning a little to look round at her*] Take care. I'm ever so much older than you, if you only knew. [*He turns quite over on his knees, with his hands clasped and his arms on her lap, and speaks with growing impulse, his blood beginning to stir*]. May I say some wicked things to you?

마치뱅크스 (두려워서 일어나며) 안 돼요. 전 말하면 안 된다고요. (어찌할 바를 몰라 자신을 둘러보다가 갑자기 부연한다.) 저 나가서 공원을 산책하겠어요. (문으로 향한다.)

캔디다 부질없는 소리. 공원은 벌써 문 닫았다. 이리 와서 난로 양탄자에 앉아 네가 늘 하던 대로 공상이나 늘어놔봐라. 즐거워지고 싶구나. 넌 그렇지 않니?

마치뱅크스 (두려움 반, 황홀감 반으로) 그러죠.

캔디다 그럼 이리와. (그녀는 그녀의 의자를 뒤로 약간 움직여 공간을 넓힌다.)

그는 망설이다가 자신감 없게 난로 양탄자 위에 팔다리를 뻗으며 얼굴을 위로 하고, 그녀의 무릎 사이에서 머리를 뒤로 젖히고 그녀를 올려다본다.

마치뱅크스 오, 전 저녁 내내 올바르게 행동하느라 매우 비참했다고요. 지금은 그른 행동을 하는 데 행복해요.

캔디다 (재미있어 하며 상냥하게) 그래. 네가 대단하고 다 큰 사악한 사기꾼이 되었다는 생각이 드는가 보구나. 아주 대견스럽겠구나, 그렇지 않니?

마치뱅크스 (재빨리 고개를 쳐들고 약간 몸을 돌려 그녀를 흘깃 보며) 조심해요. 전 사모님보다 훨씬 더 나이를 먹었다고요, 모르셨죠? (그는 움켜쥔 두 손과 양 팔을 그녀의 무릎 위에 올려놓은 채 완전히 돌아누워, 늘어나는 충동과 격양된 감정으로 말한다.) 제가 사모님께 몇 가지 사악한 일들을 말해도 될까요?

CANDIDA	[*without the least fear or coldness, and with perfect respect for his passion, but with a touch of her wise-hearted maternal humor*] No. But you may say anything you really and truly feel. Anything at all, no matter what it is. I am not afraid, so long as it is your real self that speaks, and not a mere attitude: a gallant attitude, or a wicked attitude, or even a poetic attitude. I put you on your honor and truth. Now say whatever you want to.
MARCHBANKS	[*the eager expression vanishing utterly from his lips and nostrils as his eyes light up with pathetic spirituality*] Oh, now I can't say anything: all the words I know belong to some attitude or other —all except one.
CANDIDA	What one is that?
MARCHBANKS	[*softly, losing himself in the music of the name*] Candida, Candida, Candida, Candida, Candida. I must say that now, because you have put me on my honor and truth; and I never think or feel Mrs Morell: it is always Candida.
CANDIDA	Of course. And what have you to say to Candida?
MARCHBANKS	Nothing but to repeat your name a thousand times. Don't you feel that every time is a prayer to you?
CANDIDA	Doesn't it make you happy to be able to pray?
MARGHBANKS	Yes, very happy.
CANDIDA	Well, that happiness is the answer to your prayer. Do you want anything more?
MARCHBANKS	No: I have come into Heaven, where want is unknown.

176

캔디다 (조금도 두려워하거나 차갑게 보이지 않으면서 그의 열정을 완벽하게 존중하며, 동시에 약간의 슬기로운 마음을 지닌 모성적 유머로) 몰랐는데. 하지만 네가 정말로 느낀 것을 말해보렴. 무엇이든, 그게 뭐든지 말이야. 네가 정중하거나 또는 사악하거나 심지어 시적으로 아무런 꾸밈없이 진심으로 말한다면 난 두렵지 않단다. 그러니 너의 명예와 진실을 걸고 하고 싶은 무엇이든 말을 해다오.

마치뱅크스 (그의 두 눈이 애처롭고 영적인 빛을 발하면서, 진지한 표정이 그의 입술과 코끝에서 전부 사라진다.) 오, 아무것도 말할 수 없어요. 제가 아는 모든 말들을 이런저런 꾸밈없이는 할 수 없어요. 한 마디를 제외하고는.

캔디다 한 마디가 뭔데?

마치뱅크스 (부드럽게, 그 이름이 주는 음감에 넋을 잃고) 캔디다, 캔디다, 캔디다, 캔디다, 캔디다. 저의 명예와 진실에 걸고 말하라고 하셨으니까 이제 말해야만 해요. 모렐 부인을 결코 생각하거나 느끼지 못해요. 항상 캔디다죠.

캔디다 좋다. 그래, 캔디다에게 무슨 말을 하고 싶니?

마치뱅크스 그저 그 이름을 수천 번 되풀이하는 것뿐이죠. 매 시간이 사모님께 드리는 기도라는 걸 못 느끼세요?

캔디다 기도를 할 수 있다는 것이 널 행복하게 하니?

마치뱅크스 예. 무척요.

캔디다 그렇다면, 그 행복은 네 기도에 대한 보답이구나. 더 원하는 게 있니?

마치뱅크스 아니요. 전 이미 천국에 와 있는걸요. 천국에서는 원하는 게 없어요.

Morell comes in. He halts on the threshold, and takes in the scene at a glance[1].

MORELL   [*grave and self-contained*] I hope I don't disturb you.

Candida starts up violently, but without the smallest embarrassment, laughing at herself. Eugene, capsized by her sudden movement, recovers himself without rising, and sits on the rug hugging his ankles, also quite unembarrassed.

CANDIDA   Oh, James, how you startled me! I was so taken up with[2] Eugene that I didn't hear your latchkey. How did he meeting go off[3]? Did you speak well?

MORELL   I have never spoken better in my life.

CANDIDA   That was first rate[4]! How much was the collection?

MORELL   I forgot to ask.

CANDIDA   [*to Eugene*] He must have spoken splendidly, or he would never have forgotten that. [*To Morell*] Where are all the others?

MORELL   They left long before I could get away: I thought I should never escape. I believe they are having supper somewhere.

---

1) at a (single) glance: 한눈에, 즉시
2) be taken up with something/somebody: ―에 전념하다
3) go off: (일이) 진행되다[되어 가다]
4) be first-rate: 더할 나위 없다

모렐이 등장한다. 문턱에서 멈춰서 즉시 무슨 일이 있는지 살핀다.

모렐   (심중하게) 방해가 되진 않았소?

캔디다, 놀라서 벌떡 일어나지만 조금도 당황하지 않고 웃는다. 유진은 그녀가 갑작스럽게 움직이면서 뒤집히는 바람에 일어서지 않은 상태로 자세를 바로 잡고, 카펫 위에서 발목을 껴안고 앉으며 그 역시 조금도 당황하지 않는다.

캔디다   오, 제임스, 놀랐잖아요. 유진과 얘기에 열중하다가 그만 현관 열쇠 여는 소리를 못 들었군요. 모임은 어땠어요? 강연은 잘했나요?

모렐   내 생애 가장 잘했다오.

캔디다   더할 나위 없군요. 헌금은 얼마나 들어왔어요?

모렐   못 물어봤소.

캔디다   (유진에게) 저 양반이 강연을 훌륭하게 하셨던 게 틀림없구나. 그걸 결코 잊을 리가 없는데 말이야. (모렐에게) 다른 사람들은 모두 어디로 갔어요?

모렐   내가 출발할 수 있기 훨씬 전에 떠났어요. 내가 결코 빠져 나가지 못할 거라는 생각이 들었어요. 어디선가 저녁식사들을 하고 있겠지요.

CANDIDA   [*in her domestic business tone*] Oh, in that case, Maria may go to bed. I'll tell her. [*She goes out to the kitchen*].

MORELL   [*looking sternly down at Marchbanks*] Well?

MARCHBANKS   [*squatting grotesquely on the hearth-rug, and actually at ease with Morell: even impishly humorous*] Well?

MORELL   Have you anything to tell me?

MARCHBANKS   Only that I have been making a fool of myself here in private whilst you have been making a fool of yourself in public.

MORELL   Hardly in the same way, I think.

MARCHBANKS   [*eagerly, scrambling up*] The very, very, very same way. I have been playing the Good Man. Just like you. When you began your heroics about leaving me here with Candida —

MORELL   [*involuntarily*] Candida!

MARCHBANKS   Oh yes: Ivc got that far. But don't be afraid. Heroics are infectious: I caught the disease from you. I swore not to say a word in your absence that I would not have said a month ago in your presence.

MORELL   Did you keep your oath?

MARCHBANKS   [*suddenly perching himself on the back of the easy chair*] It kept itself somehow until about ten minutes ago. Up to that moment I went on desperately reading to her — reading my own poems — anybody's poems — to stave off a conversation. I was standing outside the gate of Heaven, and refusing to go in. Oh, you can't think how heroic it was, and how uncomfortable! Then —

180

캔디다	(주부의 어조로) 오, 그럼 마리아는 쉬어도 되겠네요. 말해줘야겠어요. (그녀는 부엌으로 간다.)
모렐	(엄하게 유진을 내려다보며) 그래서?
마치뱅크스	(난로 앞 깔개에 괴이하게 쪼그리고 앉은 채, 실제로 편안한 자세로 모렐을 대한다. 심지어 버릇없는 유머로) 그래서요?
모렐	나한테 할 말 없니?
마치뱅크스	다만 목사님이 공개적으로 자신을 바보로 만들고 있는 동안 저는 여기서 사적으로 제 자신을 바보로 만들고 있었다는 것 외에는요.
모렐	결과는 다르겠지.
마치뱅크스	(진지하게 서둘러서) 매우, 매우, 매우 똑같아요. 전 바깥주인 노릇을 했어요. 목사님처럼요. 목사님께서 저를 여기에 캔디다와 함께 있게 용단을 내렸을 때—
모렐	(무심결에) 캔디다!
마치뱅크스	오 예. 그 정도는 나갔죠. 하지만 두려워 마세요. 용단은 전염되나 봐요. 그 병이 목사님한테서 제게 옮았나 봐요. 한 달 전만 해도 목사님이 계실 때는 하지 않았을 말을, 안 계실 때 단 한 마디도 입 밖에 내지 않기로 맹세했으니까요.
모렐	너의 맹세를 지켰니?
마치뱅크스	(갑자기 큰 안락의자 등받이에 걸터앉으며) 약 10분 전까지는 그런 대로 지켰죠. 그때까지 전 기를 쓰고 계속해서 이렇다 하는 사람들의 시를 읽어드렸어요. 제 시들을 포함해서요. 대화를 피하기 위해서였죠. 전 천국의 문 앞에서 발을 들여놓지 않으려고 애썼죠. 오, 그건 정말로 엄청난 결단력이 필요했고, 그리고 엄청나게 거북했다고요! 그러고는—

MORELL	[*steadily controlling his suspense*] Then?
MARCHBANKS	[*prosaically slipping down into a quite ordinary attitude on the seat of the chair*] Then she couldn't bear being read to any longer.
MORELL	And you approached the gate of Heaven at last?
MARGHBANKS	Yes.
MORELL	Well? [*Fiercely*] Speak, man: have you no feeling for me?
MARCHBANKS	[*softly and musically*] Then she became an angel; and there was a flaming sword that turned every way, so that I couldn't go in; for I saw that that gate was really the gate of Hell.
MORELL	[*triumphantly*] She repulsed you!
MARCHBANKS	[*rising in wild scorn*] No, you fool: if she had done that I should never have seen that I was in Heaven already. Repulsed me! You think that would have saved us! Virtuous indignation! Oh, you are not worthy to live in the same world with her. [*He turns away contemptuously to the other side of the room*].
MORELL	[*who has watched him quietly without changing his place*] Do you think you make yourself more worthy by reviling me, Eugene?
MARCHBANKS	Here endeth[5] the thousand and first lesson. Morell: I don't think much of your preaching after all: I believe I could do it better myself. The man I want to meet is the man that Candida married.

---

5) endeth: ends

모렐 (부단히 긴장을 참으며) 그러고는?

마치뱅크스 (의자에 앉으며 평범하게 아주 일상적인 태도를 취하면서) 그러고는 더 이상 제 시 낭송을 듣고 싶지 않다고 하셨어요.

모렐 그래서 천국의 문턱으로 접근했니?

마치뱅크스 네.

모렐 그래서? (맹렬히) 말해, 어서! 너 내 심정 모르겠니?

마치뱅크스 (부드럽게 음악적으로) 그러고서 사모님은 천사가 되셨어요. 그리고 사방으로 도는 불타는 칼이 있어서 들어갈 수가 없었지요. 그 문이 실제로 지옥의 문이라는 걸 제가 알았기 때문이죠.

모렐 (의기양양하게) 거절을 당했구나!

마치뱅크스 (격렬하게 경멸하며 일어나) 아뇨, 정말 답답하시네요. 사모님께서 그러셨다면 전 결코 천국의 문 앞에 가보지도 못했을걸요. 거절을 당해요? 그것이 우리 문제의 해결책이라고 생각을 하는군요! 고결한 분개이기도 하셔라! 오, 목사님은 사모님과 같은 세상에서 살 가치가 없어요. (그는 경멸적으로 돌아서서 방 반대편으로 간다.)

모렐 (제자리에서 조용히 주시하며) 날 매도함으로써 너의 가치가 더 높아질 것 같으냐, 유진?

마치뱅크스 설교 좀 작작 늘어놓으세요. 목사님. 전 목사님의 설교 따윈 개의치 않아요. 제가 더 잘 할 수 있다고요. 제가 만나고 싶은 사람은 캔디다가 결혼한 남자예요.

MORELL	The man that−? Do you mean me?
MARCHBANKS	I don't mean the Reverend James Mavor Morell, moralist and windbag. I mean the real man that the Reverend James must have hidden somewhere inside his black coat: the man that Candida loved. You can't make a woman like Candida love you by merely buttoning your collar at the back instead of in front.
MORELL	[*boldly and steadily*] When Candida promised to marry me, I was the same moralist and windbag you now see. I ware my black coat; and my collar was buttoned behind instead of in front. Do you think she would have loved me any the better for being insincere in my profession?
MARCHBANKS	[*on the sofa, hugging his ankles*] Oh, she forgave you, just as she forgives me for being a coward, and a weakling, and what you call a snivelling little whelp and all the rest of it. [*Dreamily*] A woman like that has divine insight: she loves our souls, and not our follies and vanities and illusions, nor our collars and coats, nor any other of the rags and tatters[6] we are rolled up in[7]. [*He reflects on this for an instant: then turns intently to question Morell*]. What I want to know is how you got past the flaming sword that stopped me.
MORELL	Perhaps because I was not interrupted at the end of ten minutes.

---

6) rags and tatters: very old, torn clothes

7) roll up in: −로 감싸다

모렐   그런 남자라면 ─? 나를 말하는 거냐?

마치뱅크스   도덕주의자이고 허풍쟁이인 제임스 메이버 모렐 목사가 아니라, 그의 검정 코트 속 어딘가에 숨어 있는 게 틀림없는 진짜 남자, 목사 제임스 말이에요. 캔디다가 사랑했던 남자요. 목사님이 단지 칼라의 단추를 앞이 아니라 뒤에서 채운다고 해서 캔디다로 하여금 목사님을 사랑하게 만들 수는 없어요.

모렐   (대담하게 계속해서) 캔디다가 나와 결혼을 약속했을 때에도, 난 지금 네가 알고 있는 것과 똑같이 도덕주의자이고 허풍쟁이였다. 검정 코트를 입었었고, 칼라의 단추도 앞이 아니라 뒤에서 채웠었다. 내가 직업에 덜 충실했더라면 그녀가 날 더욱 더 사랑했으리라고 생각하니?

마치뱅크스   (소파에서 발목을 껴안으며) 오, 사모님이 목사님을 용서해준 것이죠. 마치 겁쟁이이고 약골, 그리고 소위 코흘리개 어린 녀석, 그리고 그 밖의 모든 사항들에 대해 저를 용서해주었듯이 말이에요. (꿈꾸듯이) 사모님 같은 여자는 신성한 통찰력을 지녔다고요. 그분은 우리의 어리석음과 허영과 환상, 칼라, 코트, 그리고 여타 우리를 감싸고 있는 낡고 찢어진 옷이 아니라 우리의 영혼을 사랑한다고요. (그는 잠시 이를 회고하며 돌아서서 모렐에게 집요하게 묻는다.) 제가 알고 싶은 것은 목사님께서는 저를 멈추게 했던 그 불타는 칼을 어떻게 통과했느냐는 거예요.

모렐   아마도 내가 마지막 10분 동안에 방해를 받지 않았기 때문이겠지.

MARCHBANKS	[*taken aback*] What!
MORELL	Man can climb to the highest summits; but he cannot dwell there long.
MARCHBANKS	[*springing up*] It's false: there can he dwell for ever, and there only. It's in the other moment that he can find no rest, no sense of the silent glory of life. Where would you have me spend my moments, if not on the summits?
MORELL	In the scullery, slicing onions and filling lamps.
MARCHBANKS	Or in the pulpit, scrubbing cheap earthenware souls?
MORELL	Yes, that too. It was there that I earned my golden moment, and the right, in that moment, to ask her to love me. I did not take the moment on credit; nor did I use it to steal another man's happiness.
MARGHBANKS	[*rather disgustedly, trotting back towards the fireplace*] I have no doubt you conducted the transaction as honestly as if you were buying a pound of cheese. [*He stops on the brink of* [8] *the hearth-rug, and adds, thoughtfully, to himself, with his back turned to Morell*] I could only go to her as a begger.
MORELL	[*staring*] A beggar dying of cold! Asking for her shawl!
MARCHBANKS	[*turning, surprised*] Thank you for touching up my poetry. Yes, if you like: a beggar dying of cold, asking for her shawl.

---

8) on the brink of: ―의 직전에(on the verge)

마치뱅크스　(놀라서) 뭐라고요!

모렐　사람이 최고의 정상까지 올라갈 수는 있겠지만 거기서 오래 살 수는 없다.

마치뱅크스　(벌떡 일어서며) 그렇지 않아요. 거기서 영원히 살 수 있어요, 거기서 만. 그 밖의 다른 순간에는 사람은 어떠한 휴식도, 삶의 조용한 영광의 감각도 찾을 수 없는 거예요. 정상에서가 아니라면, 목사님은 내가 어디에서 나의 순간들을 보내라는 말씀인가요?

모렐　부엌에서, 양파를 썰고 램프에 기름을 넣으면서.

마치뱅크스　그렇지 않으면 설교단에서, 천박한 인간들의 영혼을 청소하면서요?

모렐　그래, 그것 역시. 난 바로 그곳에서 황금의 순간과, 그리고 그 순간에, 그녀의 사랑을 쟁취할 권리를 획득했다. 그 순간을 내가 외상으로 얻은 것도 아니며, 또한 그걸 남의 행복을 훔치기 위해서 사용하지도 않았다.

마치뱅크스　(다소 역겹다는 듯 다시 벽난로 쪽으로 가며) 목사님께서는 마치 치즈 1파운드를 구입하듯이 정직하게 거래를 하셨단 말이군요. (그는 난로 앞 깔개 바로 앞에 멈추고 모렐에게 등을 돌린 채 생각에 잠겨 자신에게 첨언한다.) 전 그분에게 거지처럼 그저 다가갈 수밖에 없어요.

모렐　(응시하며) 추위로 죽어가는 거지가! 숄을 구걸하듯이 말이냐?

마치뱅크스　(놀라서 돌아서며) 제 시적인 표현을 손봐주셔서 고맙네요. 그래요, 원하신다면. 추위에 죽어가는 거지가, 숄을 구걸하듯이요.

MORELL	[*excitedly*] And she refused. Shall I tell you why she refused? I can tell you, on her own authority[9]. It was because of —
MARCHBANKS	She didn't refuse.
MORELL	Not!
MARGHBANKS	She offered me all I chose to ask for: her shawl, her wings, the wreath of stars on her head, the lilies in her hand, the crescent moon beneath her feet —
MORELL	[*seizing him*] Out with the truth, man: my wife is my wife: I want no more of your poetic fripperies. I know well that if I have lost her love and you have gained it, no law will bind her.
MARGHBANKS	[*quaintly, without fear or resistance*] Catch me by the shirt collar, Morell: she will arrange it for me afterwards as she did this morning. [*With quiet rapture*] I shall feel her hands touch me.
MORELL	You young imp, do you know how dangerous it is to say that to me? Or [*with a sudden misgiving*] has something made you brave?
MARCHBANKS	I'm not afraid now. I disliked you before: that was why I shrank from your touch. But I saw today — when she tortured you — that you love her. Since then I have been your friend: you may strangle me if you like.

---

9) on one's own authority: 자기 마음대로, 독단으로

모렐	(흥분해서) 그런데 거절당했단 말이지. 왜 아내가 거절했는지 말해줄까? 내가 말해주지, 아내를 대신해서 말이다. 그건 왜냐하면—
마치뱅크스	그분이 거절하지 않았다고요.
모렐	안 했다고?
마치뱅크스	그분은 제게 요구하는 모든 것을 주겠다고 하셨어요. 그녀의 숄, 날개, 머리에 쓴 별장식의 월계관, 손에 든 릴리, 발밑의 초승달도—
모렐	(그를 붙들며) 어서 진실을 말해. 내 아내는 내 아내라고. 그따위 시적인 수사는 걷어치우고 말이야. 만약 내가 아내의 사랑을 잃어버렸고 네가 그걸 차지했다면 막을 방법이 없다.
마치뱅크스	(묘하게 두려움도 없고 저항도 없이) 제 셔츠 칼라를 잡아채세요, 목사님. 오늘 아침에 했던 것처럼 그분께서 나중에 그걸 매만져 주시겠죠. (조용히 황홀함에 싸여) 그분의 손길을 다시 느낄 거예요.
모렐	이 애송이 녀석아, 그따위 말을 내게 내뱉는 것이 얼마나 위험한 일인지 알고나 하느냐? (갑자기 불안을 느끼며) 그런데 왜 네가 용감한 태도로 돌변했지?
마치뱅크스	이젠 두렵지 않아요. 전엔 목사님이 싫었거든요. 그래서 목사님의 손길을 피했었죠. 그런데 오늘 그분께서 목사님을 괴롭혔을 때 목사님께서 그분을 사랑한다는 것을 알았어요. 그 뒤로 전 목사님의 친구가 되었어요. 제 목을 조르든지 말든지 마음대로 하세요.

MORELL   [*releasing him*] Eugene: if that is not a heartless lie — if you have a spark of human feeling left in you — will you tell me what has happened during my absence?

MARCHBANKS   What happened! Why, the flaming sword [*Morell stamps with impatience*] — Well, in plain prose, I loved her so exquisitely that I wanted nothing more than; he happiness of being in such love. And before I had time to come down from the highest summits, you came in.

MORELL   [*suffering deeply*] So it is still unsettled. Still the misery of doubt.

MARCHBANKS   Misery! I am the happiest of men. I desire nothing now but her happiness. [*In a passion of sentiment*] Oh, Morell, let us both give her up. Why should she have to choose between a wretched little nervous disease like me, and a pig-headed parson like you? Let us go on a pilgrimage, you to the east and I to the west, in search of a worthy lover for her: some beautiful archangel with purple wings —

MORELL   Some fiddlestick! Oh, if she is mad enough to leave me for you, who will protect her? Who will help her? Who will work for her? Who will be a father to her children? [*He sits down distractedly on the sofa, with his elbows on his knees and his head propped on his clenched fists*].

모렐   (그를 놓아주며) 유진, 너의 그 말이 냉혹한 거짓이 아니라면, 그리고 네게 눈곱만큼의 인정이 남아있다면, 나 없는 동안에 무슨 일이 있었는지 말해줄 수 있겠니?

마치뱅크스   무슨 일이라! 그러니까, 불타는 칼이―(모렐은 초조한 빛을 드러낸다.) 좋아요, 쉬운 말로 하죠. 전 그분을 너무도 우아하게 사랑하는 나머지 그 사랑에 존재하는 행복 외에는 더 이상 아무것도 원하지 않게 되었어요. 그래서 제가 그 정점에서 막 내려오려고 하자마자, 목사님이 들어오셨어요.

모렐   (몹시 고통스러워하며) 그래서 아직도 결말이 나지 않았단 말이지. 여전히 고통스러운 의문에 싸여있다니.

마치뱅크스   고통스럽다고요? 전 가장 행복한 사람이죠. 전 지금 오로지 그분의 행복만을 바랄 뿐이에요. (열정적으로) 목사님, 우리 함께 그분을 포기해요. 왜 그분께서 저 같이 형편없고 하찮은 신경질환자와 목사님 같이 완고한 목사 둘 중에서 한 사람을 선택해야만 하죠? 우리 순례를 떠나요. 그분께 알맞은 애인을 찾아서, 목사님은 동쪽으로 저는 서쪽으로. 자줏빛 날개를 지닌 어떤 아름다운 대천사를―

모렐   헛소리 집어치워! 오, 내 아내가 정신이 나가서 나를 떠나 너에게 간다면, 누가 그 사람을 보호해주지? 누가 그 사람을 도와주지? 누가 그 사람을 부양하지? 누가 그 사람 애들의 아버지가 되지? (그는 심란하여 소파에 주저앉는다. 양 팔꿈치를 양 무릎 위에, 머리를 움켜쥔 두 주먹 위에 받친 채로)

MARCHBANKS	[*snapping his fingers wildly*] She does not ask those silly questions. It is she who wants somebody to protect, to help, to work for: somebody to give her children to protect, to help and to work for. Some grown up man who has become as a little child again. Oh, you fool, you fool, you triple fool! I am the man, Morell: I am the man. [*He dances about excitedly, crying*]. You don't understand what a woman is. Send for her, Morell: send for her and let her choose between—[*The door opens and Candida enters. He stops as if petrified*].
CANDIDA	[*amazed, on the threshold*] What on earth are you at, Eugene?
MARCHBANKS	[*oddly*] James and I are having a preaching match; and he is getting the worst of it.

Candida looks quickly round at Morell. Seeing that he is distressed, she hurries down to him, greatly vexed.

CANDIDA	You have been annoying him. Now I won't have it, Eugene: do you hear? [*She puts her hand on Morell's shoulder, and quite forgets her wifely tact in her anger*]. My boy shall not be worried: I will protect him.
MORELL	[*rising proudly*] Protect!
CANDIDA	[*not heeding him: to Eugene*] What have you been saying?
MARCHBANKS	[*appalled*] Nothing. I —
CANDIDA	Eugene! Nothing?

192

마치뱅크스	(손가락으로 힘주어 딱 소리를 내어 주의를 끌면서) 그분은 그런 어리석은 질문들을 하지 않아요. 보호하고 도와주고 부양할 누군가를, 그리고 그분의 아이들을 보호하고 도와주고 부양할 누군가를 원하는 사람은 다름 아닌 바로 그분이라고요. 다시 어린애가 된 어른 말예요. 오, 목사님은 바보예요. 바보라고요. 바보천치라고요. 나야말로 어른이에요, 목사님. (그는 흥분해서 이리저리 춤을 추며, 외친다.) 목사님은 여자가 무엇인지도 이해 못해요. 그분을 불러오세요, 목사님. 그분을 불러와서 우리 둘 중에서 선택하게 해요―(문이 열리고 캔디다가 들어온다. 그는 겁에 질린 듯 멈춰 선다.)
캔디다	(놀라서, 문지방에서) 너 도대체 뭐하고 있니, 유진?
마치뱅크스	(어색하게) 목사님과 제가 설교 시합을 하고 있는데, 목사님이 형편없이 지고 있다고요.

캔디다가 재빨리 모렐을 둘러본다. 그가 괴로워하는 것을 알아챈 뒤, 그녀는 서둘러 그에게 가며 몹시 속상해 한다.

캔디다	이 양반을 못살게 굴었구나. 이젠 내 가만두지 않겠다, 유진. (그녀는 손을 모렐의 어깨에 얹고, 노기에 차서 전혀 아내답지 않게) 걱정하지 말아요, 내가 보호해드릴 테니.
모렐	(당당히 일어서며) 보호라고!
캔디다	(그에게 무관심한 채, 유진에게) 너 이 양반한테 뭐라고 했니?
마치뱅크스	(두려워서) 아무 말도요. 전―
캔디다	유진! 아무 말도 안 했다고?

MARCHBANKS	[*piteously*] I mean — I — I'm very sorry. I won't do it again: indeed I won't. I'll let him alone.
MORELL	[*indignantly, with an aggressive movement towards Eugene*] Let me alone! You young —
CANDIDA	[*stopping him*] Sh! — no: let me deal with him, James.
MARCHBANKS	Oh, you're not angry with me, are you?
CANDIDA	[*severely*] Yes I am: very angry. I have a good mind[10] to pack you out of the house.
MORELL	[*taken aback by Candida's vigor, and by no means relishing the position of being rescued by her from another man*] Gently, Candida, gently. I am able to take care of myself.
CANDIDA	[*petting him*] Yes, dear: of course you are. But you musnt be annoyed and made miserable.
MARCHBANKS	[*almost in tears turning to the door*] I'll go.
CANDIDA	Oh, you needn't go: I can't turn you out at this time of night. [*vehemently*] Shame on you! For shame!
MARGHBANKS	[*desperately*] But what have I done?
CANDIDA	I know what you have done: as well as if I had been here all the time. Oh, it was unworthy! You are like a child: you cannot hold your tongue.
MARCHBANKS	I would die ten times over sooner than give you a moment's pain.
CANDIDA	[*with infinite contempt for this puerility*] Much good your dying would do me!

---

10) have a good mind to do something: (확실히는 모르겠지만) —할 마음[생각]은 있다

마치뱅크스 (애처롭게) 제 말은—저—정말 죄송해요. 다신 안 할게요. 정말 안 할게요. 내버려 둘게요.

모렐 (분개해서, 유진에게 공격적으로 다가가며) 날 내버려 둔다고? 이 어린 녀석이—

캔디다 (그를 만류하며) 쉬!—그만둬요. 제가 처리할게요, 제임스.

마치뱅크스 오, 저한테 화나신 건 아니죠, 그렇죠?

캔디다 (엄하게) 그래. 난 지금 몹시 화가 나 있다. 널 집 밖으로 쫓아낼 생각이야.

모렐 (그녀의 박력에 놀라며, 그리고 타인으로부터 그녀에게 구조된 처지를 결코 좋아하지 않으며) 살살해요, 캔디다, 살살하세요. 내 일은 내가 알아서 하겠소.

캔디다 (그를 토닥거리며) 그래요, 여보. 물론 당신이 알아서 하겠죠. 하지만 당신을 귀찮게 하고 비참하게 만들도록 내버려 둘 수는 없어요.

마치뱅크스 (거의 눈물에 젖어, 문을 향하면서) 전 가겠어요.

캔디다 오, 갈 것까지는 없다. 이런 시간에 널 내쫓을 수는 없지. (격렬하게) 부끄러운 줄 알아라! 무슨 꼴이냐!

마치뱅크스 (필사적으로) 하지만 제가 뭘 어쨌기에 그러세요?

캔디다 난 네가 한 짓을 다 안다. 내가 내내 여기에 있었던 것처럼 잘 말이야. 오, 그건 가치 없는 일이지. 넌 철부지로구나. 그렇게 잠자코 있질 못하니.

마치뱅크스 사모님께 일순간이라도 고통을 안겨드리느니 차라리 열 번이라도 죽고 싶어요.

캔디다 (이러한 철없음에 무한한 경멸을 보내며) 네 죽음이 내게 퍽이나 도움이 되겠구나!

MORELL	Candida, my dear: this altercation is hardly quite seemly. It is a matter between two men; and I am the right person to settle it.
CANDIDA	Two men! Do you call that a man! [*To Eugene*] You bad boy!
MARGHBANKS	[*gathering a whimsically affectionate courage from the scolding*] If I am to be scolded like a boy, I must make a boy's excuse. He began it. And he's bigger than I am.
CANDIDA	[*losing confidence a little as her concern for Morell's dignity takes the alarm*] That can't be true. [*To Morell*] You didn't begin it, James, did you?
MORELL	[*contemptuously*] No.
MARCHBANKS	[*indignant*] Oh!
MORELL	[*to Eugene*] You began it: this morning. [*Candida, instantly connecting this with his mysterious allusion in the afternoon to something told him by Eugene in the mornings looks at him with quick suspicion. Morell proceeds, with the emphasis of offended superiority*] But your other point is true. I am certainly the bigger of the two, and, I hope, the stronger, Candida. So you had better leave the matter in my hands.
CANDIDA	[*again soothing him*] Yes, dear; but — [*troubled*] I don't understand about this morning.
MORELL	[*gently snubbing her*] You need not understand, my dear.
CANDIDA	But James, I [*the street bell rings*] — Oh bother! Here they all come. [*She goes out to let them in*].

모렐 캔디다, 여보. 이 논쟁은 이런 식으로 처리할 문제가 아니오. 이건 우리 두 남자들 사이의 문제요. 그리고 내가 그걸 해결할 적임자요.

캔디다 두 남자라고요? 얘가 남자라고요? (유진에게) 못된 녀석 같으니!

마치뱅크스 (야단을 맞자 기발하게 응석 어린 용기를 내서) 제가 어린애처럼 야단을 맞게 된다면, 저도 어린애다운 변명을 할 수밖에 없어요. 싸움은 목사님이 시작했다고요. 그리고 목사님은 저보다 더 어른이고요.

캔디다 (모렐의 품위에 대한 그녀의 관심에 약간의 실망감이 생겨 놀라면서) 말도 안 돼! (모렐에게) 당신이 먼저 시작하지 않았지요, 제임스, 그렇죠?

모렐 (경멸적으로) 아니.

마치뱅크스 (화가 나서) 오!

모렐 (유진에게) 네가 시작했잖아! 오늘 아침에. (캔디다는 즉각, 아침에 유진이 모렐에 관해서 말했던 어떤 것과 오후에 있었던 모렐의 이해하기 힘든 암시와 이 말을 관련지으면서, 재빠른 의심의 눈길로 모렐을 바라본다. 모렐은 그의 불쾌한 우월성[그가 더 어른임]을 강조하며 계속한다.) 물론 너의 다른 지적은 사실이다. 내가 당연히 둘 중에 더 어른이지. 그러니 더 강자인 캔디다, 이 문제는 나에게 일임하는 편이 좋겠어요.

캔디다 (다시 그를 달래며) 네, 여보. 그런데—(걱정스럽게) 오늘 아침 얘기는 이해가 안 돼요.

모렐 (부드럽게 무시하며) 당신은 이해할 필요가 없어요, 여보.

캔디다 하지만 제임스, 전 (현관 벨이 울린다.) 이런 귀찮을 데가! 다들 왔나 봐요! (그녀는 문을 열어주러 밖으로 나간다.)

MARCHBANKS	[*running to Morell*] Oh, Morell, isn't it dreadful? She's angry with us: she hates me. What shall I do?
MORELL	[*with quaint desperation, walking up and down the middle of the room*] Eugene: my head is spinning round. I shall begin to laugh presently.
MARCHBANKS	[*following him anxiously*] No, no: she'll think I've thrown you into hysterics. Don't laugh.

Boisterous voices and laughter are heard approaching. Lexy Mill, his eyes sparkling, and his bearing denoting unwonted elevation of spirit, enters with Burgess, who is greasy and self-corn-placent, but has all his wits about him. Miss Garnettj with her smartest hat and jacket on, follows them; but though her eyes are brighter than before, she is evidently a prey to misgiving. She places herself with her back to her typewriting table, with one hand on it to steady herself, passing the other across her forehead as if she were a little tired and giddy. Marchbanks relapses into shyness and edges away into the comer near the window, where Morell's books are.

LEXY	[*exhilarated*] Morell: I must congratulate you. [*Grasping his hand*] What a noble, splendid, inspired address you gave us! You surpassed yourself.
BURGESS	So you did, James. It fair kep'[11] me awake to the last word. Didn't it, Miss Garnett?
PROSERPINE	[*worriedly*] Oh, I wasn't minding you: I was trying to make notes. [*She takes out her note-book, and looks at her stenography, which nearly makes her cry*].

---

11) kep': kept

마치뱅크스 (모렐에게 달려가며) 오, 목사님, 무서워 죽겠어요. 사모님께서 화가 나
셨어요. 절 미워해요. 전 어떡하죠?

모렐 (야릇하면서도 절망적인 태도로 방 중앙을 왔다 갔다 하면서) 유진, 내 머리
가 빙글빙글 돈단 말이야. 곧 웃음이 터질 것만 같구나.

마치뱅크스 (걱정스럽게 그를 따라다니며) 안 돼요, 안 돼. 웃지 말아요. 사모님께서
제가 목사님을 히스테리의 발작에 빠뜨린 줄 아실 거예요. 웃지 마
세요.

왁자지껄한 목소리와 웃음소리가 가까워진다. 렉시 밀은 눈을 반짝이며 평소와
는 달리 기분이 고조된 태도로 버게스와 함께 들어오는데, 그는 지나치게 정중하고 자
기만족적이지만 빈틈이 없다. 가넷 양은 아주 근사한 모자와 재킷을 걸치고 그들을 따
르는데, 그녀의 눈은 전보다 더 밝지만 분명히 불안감에 시달리는 사람이다. 타자기
테이블에 등을 기대며 몸의 균형을 잡기 위해 한 손은 테이블 위에 놓고, 약간 피곤하
고 어지러운 듯 다른 손은 이마에 올려놓는다. 유진은 수줍은 자세로 다시 돌아가서,
모렐의 책이 있는 창가 쪽으로 물러나 있다.

렉시 (쾌활하게) 목사님. 축하드립니다. (그의 손을 부여잡고) 고상하고, 정말
좋고, 탁월한 연설이었습니다. 최고의 연설이었어요.

버게스 정말 훌륭했어, 제임스. 나도 끝까지 한 마디도 빼지 않고 다 들었
다고. 안 그렇소? 미스 가넷?

여비서 (난처해서) 몰라요. 전 전혀 영감님을 신경 쓰지 않았어요. 메모하기
에도 바빴다고요. (노트를 꺼내 속기한 내용을 바라보며 거의 울듯하다.)

MORELL	Did I go too fast, Pross?
PROSERPINE	Much too fast. You know I can't do more than ninety words a minute. [*She relieves her feelings*[12] *by throwing her note-book angrily beside her machine, ready for use next morning*].
MORELL	[*soothingly*] Oh well, well never mind, never mind, never mind. Have you all had supper?
LEXY	Mr Burgess has been kind enough to give us a really splendid supper at the Belgrave.
BURGESS	[*with effusive magnanimity*] Don't mention it, Mr Mill. [*Modestly*] You're 'arty[13] welcome to my little treat.
PROSERPINE	We had champagne. I never tasted it before. I fell quite giddy.
MORELL	[*surprised*] A champagne supper! That was very handsome. Was it my eloquence that produced all this extravagance?
LEXY	[*rhetorically*] Your eloquence, and Mr Burgess's goodness of heart. [*With a fresh burst of exhilaration*]. And what a very fine fellow the chairman is, Morell! He came to supper with us.
MORELL	[*with long drawn significance, looking at Burgess*] O-o-o-h! The chairman. Now I understand.

---

12) relieve one's feeling: 기분을 풀다, 감정[흥분]을 가라앉히다

13) 'arty: hearty

모렐   내가 너무 빨랐나, 프로서핀?

프로서핀 너무 빨랐어요. 전 분당 90단어 이상은 못 쓴다고요. (내일 아침을 위
       해, 타자기 옆으로 노트를 화난 듯이 던지고는 흥분을 가라앉힌다.)

모렐   (달래듯이) 오, 자, 자, 걱정 말라고, 걱정하지 마, 걱정할 것 없다고.
       다들 저녁식사는 하셨나?

렉시   버게스 어른께서 벨그라브에서 저희들에게 정말로 멋진 저녁을 대
       접해주셨어요.

버게스   (대수롭지 않다는 듯이) 뭘, 그까짓 걸 가지고 그래, 미스터 밀. (다소곳
       이) 내 대수롭지 않은 대접에 함께해줘서 고맙지 뭘.

프로서핀 샴페인까지 마셨는걸요. 난생 처음이에요. 아주 어지러워요.

모렐   (놀라서) 샴페인을 곁들인 저녁식사! 매우 멋졌겠군. 이 모든 호사가
       내 유창한 연설 덕분이었단 말이야?

렉시   (과장되게) 목사님의 유창하신 연설에다가 버게스 어른의 호의 덕이
       죠. (새삼 갑작스레 기분이 들떠서) 그리고 의장님도 매우 좋은 분이시더
       군요, 목사님! 저희와 함께 저녁을 하셨어요.

모렐   (버게스를 바라보며 잘 알겠다는 듯) 오-오-오! 의장님도 함께 하셨다. 이
       제 알겠군.

Burgess covers with a deprecatory cough a lively satisfaction with his own diplomatic cunning. Lexy folds his arms and leans against the head of the sofa in a high-spirited attitude after nearly losing his balance. Candida comes in with glasses, lemons, and a jug of hot water on a tray.

CANDIDA   Who will have some lemonade? You know our rules: total abstinence. [*She puts the tray on the table, and takes up the lemon squeezer, looking enquiringly round at them*].

MORELL   No use, dear. They've all had champagne. Pross has broken her pledge.

CANDIDA   [*to Proserpine*] You don't mean to say you've been drinking champagne!

PROSERPINE   [*stubbornly*] Yes I do. I'm only a beer teeto-taller, not a champagne teetotaller. I don't like beer. Are there any letters for me to answer, Mr Morell?

MORELL   No more tonight.

PROSERPINE   Very well. Goodnight, everybody.

LEXY   [*gallantly*] Had I not better see you home, Miss Garnett?

PROSERPINE   No, thank you. I shan't trust myself with anybody[14] tonight. I wish I hadn't taken any of that stuff. [*She takes uncertain aim at the door; dashes at it; and barely escapes without disaster*].

BURGESS   [*indignantly*] Stuff, indeed! That gurl dunno wot[15] champagne is! Pommery and Greeno at twelve and six a bottle.

---

14) trust somebody with something/somebody: ―에게 ―을 맡기다

15) gurl dunno wot: girl don't know what

버게스는 변명하는 듯한 기침을 해대며 자신의 외교적 간계함으로 지대한 만족을 가린다. 렉시는 팔짱을 끼고 기분 좋은 태도로 소파에 등을 기대나 균형을 거의 잘 잡지 못한다. 캔디다가 쟁반에 잔들과 레몬과 뜨거운 물주전자를 가지고 들어온다.

캔디다 레모네이드 드실 분요? 우리 집에서는 절대금주인 것 아시죠? (그녀는 쟁반을 테이블에 내려놓고, 레몬 압착기를 들고 탐구적인 자세로 그들을 둘러본다.)

모렐 여보, 소용없어요. 다들 이미 샴페인을 마셨대요. 프로스는 금주맹세를 어겼고요.

캔디다 (프로서핀에게) 샴페인을 마셨다는 말은 아니겠죠!

프로서핀 (완강하게) 아니요, 마셨어요. 전 다만 맥주를 안 마시겠다고 했지 샴페인을 안 마시겠다고 한 적은 없어요. 전 맥주는 싫어요. 혹시 답장할 편지들이 있나요, 목사님?

모렐 오늘밤은 됐다고.

프로서핀 좋아요. 모두, 안녕히 계세요.

렉시 (친절하게) 제가 집까지 바래다 드리는 게 좋지 않을까요, 미스 가넷?

프로서핀 괜찮아요. 오늘밤은 어느 누구에게도 내 자신을 맡기지 못하겠어요. 그런 걸 마시지 말았어야 했는데. (문을 목표로 불안정하게 돌진해서 별일 없이 겨우 빠져나간다.)

버게스 (화가 나서) 그런 거라니, 저런! 샴페인이 뭔지도 모르는 주제에 말이야! 뽀무리와 그리노는 한 병에 12파운드 6펜스나 한다고.

She took two glasses a'most straight horff[16].

MORELL   [*anxious about her*] Go and look after her, LEXY.

LEXY   [*alarmed*] But if she should really be—Suppose she began to sing in the street, or anything of that sort.

MORELL   Just so: she may. That's why you'd better see her safely home.

CANDIDA   Do, Lexy: there's a good fellow. [*She shakes his hand and pushes him gently to the door*].

LEXY   It's evidently my duty to go. I hope it may not be necessary. Goodnight, Mrs Morell. [*to the rest*] Goodnight. [*He goes. Candida shuts the door*].

BURGESS   He was gushin' with hextra piety hisself arter[17] two sips. People carn't[18] drink like they huseter[19]. [*Bustling across to the hearth*] Well, James: it's time to lock up. Mr Marchbanks: shall I 'ave the pleasure of your company for a bit of the way home?

MARCHBANKS   [*affrightedly*] Yes: I'd better go. [*He hurries towards the door; but Candida places herself before it, barring his way*].

CANDIDA   [*with quiet authority*] You sit down. You're not going yet.

MARCHBANKS   [*quailing*] No: I—I didn't mean to. [*He sits down abjectly on the sofa*].

CANDIDA   Mr Marchbanks will stay the night with us, papa.

---

16) horff: in a short period of time

17) hextra piety hisself arter: extra piety himself after

18) carn't: can't

19) huset: Huset med den blinde glassveranda: (문학) 장님 거울 창문이 있는 집

저 여잔 거의 단숨에 연거푸 두 잔이나 마셨다고.

모렐   (그녀가 걱정이 돼서) 자네가 가서 돌봐주게, 렉시.

렉시   (놀라서) 그런데 만약 그녀가 정말로 취해서—길거리에서 노래라도 부른다면 걱정이에요.

모렐   바로 그거야. 그럴지도 모르지. 그러니까 자네가 그녀를 집에 안전하게 바래다주는 편이 좋다는 거야.

캔디다   그렇게 해요, 렉시. (그녀는 악수하고 그를 부드럽게 문으로 민다.)

렉시   의당 제가 가야죠. 꼭 필요하지 않을지도 모르지만요. 안녕히 주무세요, 사모님. (나머지 사람들에게) 안녕히 계세요. (그가 나간다. 캔디다가 문을 닫는다.)

버게스   저 친구는 두 모금 마시고 나더니 넘치는 경건함으로 마구 열변을 쏟아내더군. 옛날에는 술을 그렇게는 안 먹었는데 말이야. (벽난로로 바삐 가로질러 간다.) 자, 제임스, 가봐야겠네. 마치뱅크스 씨. 우리 함께 나가실까요?

마치뱅크스   (두려워하며) 예. 그래요. (그가 서둘러 문으로 향하지만, 캔디다가 문 앞으로 가 길을 막는다.)

캔디다   (차분한 권위로) 앉아. 넌 더 있다 가야지.

마치뱅크스   (기가 죽어서) 예, 제가—제가 가려던 건 아니었어요. (절망적으로 소파에 앉는다.)

캔디다   마치뱅크스 군은 오늘밤 여기서 자고 갈 거예요, 아빠.

BURGESS	Oh well, I'll say goodnight. So long, James. [*He shakes hands with Morell, and goes over to Eugene*]. Make 'em give you a nightlight by your bed, Mr Marchbanks: it'll comfort you if you wake up in the night with a touch of that complaint of yores[20]. Goodnight.
MARCHBANKS	Thank you: I will. Goodnight, Mr Burgess. [*They shake hands and Burgess goes to the door*].
CANDIDA	[*intercepting Morell, who is following Burgess*] Stay here, dear: I'll put on papa's coat for hum. [*She goes out with Burgess*].
MARCHBANKS	[*rising and stealing over to Morell*] Morell: there's going to be a terrible scene. Aren't you afraid?
MORELL	Not in the least.
MARCHBANKS	I never envied you your courage before. [*He puts his hand appealingly on Morell's forearm*]. Stand by me, won't you?
MORELL	[*casting him off resolutely*] Each for himself, Eugene. She must choose between us now.

Candida returns. Eugene creeps back to the sofa like a guilty schoolboy.

CANDIDA	[*between them, addressing Eugene*] Are you sorry?
MARCHBANKS	[*earnestly*] Yes. Heartbroken.
CANDIDA	Well, then, you are forgiven. Now go off to bed like a good little boy: I want to talk to James about you.

---

20) of yore: 옛날, 옛적

버게스	아 그래, 잘 있거라. 또 보세, 제임스. (그는 모렐과 악수하고 유진에게 다가간다.) 침대 옆에 철야등을 갖다 달라고 해요, 마치뱅크스 씨. 그러면 옛날에 겪은 일말의 불평 때문에 밤에 자다가 깨더라도 위안이 될 거요. 잘 자요.
마치뱅크스	고맙습니다. 그럴게요. 안녕히 가세요, 버게스 씨. (그들은 악수한다. 버게스는 문으로 간다.)
캔디다	(버게스를 따라 나가는 모렐을 저지하며) 여기 계세요, 여보. 내가 아빠 코트를 입혀드릴게요. (그녀는 버게스와 함께 나간다.)
마치뱅크스	(일어나서 모렐에게 살며시 다가가며) 목사님, 무시무시한 광경이 벌어질 텐데 두렵지 않으세요?
모렐	전혀.
마치뱅크스	목사님의 용기가 부럽네요. (그는 애원하듯 모렐의 팔뚝에 손을 놓는다.) 저를 지켜주실 거죠, 그렇지 않나요?
모렐	(단호하게 그를 물리치며) 각자 자신을 지키는 거야, 유진. 그녀는 이제 우리 둘 중에서 선택을 해야만 돼.

캔디다가 돌아온다. 유진은 죄지은 학생처럼 소파로 다시 살금살금 움직인다.

캔디다	(둘 사이에서 유진을 향해) 네 잘못을 알겠니?
마치뱅크스	(진지하게) 예. 저도 마음이 아파요.
캔디다	좋아, 그렇다면 용서하지. 이제 얌전히 잠자리에 들어라. 난 이 양반과 너에 대해서 얘기 좀 해야겠다.

MARCHBANKS	[*rising in great consternation*] Oh, I can't do that, Morell. I must be here. I'll not go away. Tell her.
CANDIDA	[*her suspicions confirmed*] Tell me what? [*His eyes avoid hers furtively. She turns and mutely transfers the question to Morell*].
MORELL	[*bracing himself for* [21] *the catastrophe*] I have nothing to tell her, except [*here his voice deepens to a measured and mournful tenderness*] that she is my greatest treasure on earth—if she is really mine.
CANDIDA	[*coldly, offended by his yielding to his orator's instinct and treating her as if she were the audience at the Guild of St Matthew*] I am sure Eugene can say no less, if that is all.
MARCHBANKS	[*discouraged*] Morell: she's laughing at us.
MORELL	[*with a quick touch of temper*] There is nothing to laugh at. Are you laughing at us, Candida?
CANDIDA	[*with quiet anger*] Eugene is very quick-witted, James. I hope I am going to laugh; but I am not sure that I am not going to be very angry. [*She goes to the fireplace, and stands there leaning with her arm on the mantlepiece, and her foot on the fender, whilst Eugene steals to Morell and plucks him by the sleeve.* [22]]
MARCHBANKS	[*whispering*] Stop, Morell. Don't let us say anything.
MORELL	[*pushing Eugene away without deigning to look at him*] I hope you don't mean that as a threat, Candida.

---

21) be brace oneself for: ―을 준비하다(= prepare oneself for)

22) pluck a person by the sleeve: 남의 소매를 잡아당기다

마치뱅크스 (크게 질겁하며) 오, 그럴 순 없어요, 목사님. 전 여기 있어야만 해요. 전 가지 않을 거예요. 사모님께 말 좀 해줘요.

캔디다 (자신의 의혹을 확신하며) 내게 무슨 말을 하라는 거니? (그의 시선을 살그머니 피한다. 몸을 돌려 모렐에게 말없이 그 질문에 대한 답을 요구한다.)

모렐 (파국을 맞을 준비를 하며) 난 할 말이 없소. (그의 목소리가 침착하고 애절한 애정으로 가라앉으며) 당신이 이 세상에서 가장 소중한 보물이라는 것 외엔—당신이 진정으로 내 아내라면.

캔디다 (그가 연설가적 본능에 따라 마치 그녀를 성 마태 협회 강연장의 청중 정도로 취급함에 못마땅해서 냉정하게) 그게 전부라면, 유진은 더 많은 말을 할 수 있을 걸요.

마치뱅크스 (풀이 죽어서) 목사님. 사모님께선 우릴 비웃고 계세요.

모렐 (성급한 성질의 기미를 보이며) 비웃다니. 지금 우릴 비웃고 있소, 캔디다?

캔디다 (차분하게 화를 내며) 유진은 눈치가 매우 빨라요, 제임스. 저는 웃고 싶지만 대단히 화가 나지 않으리라는 확신이 없어요. (그녀는 벽난로 쪽으로 가서 선반에 팔을, 난로망에 발을 올리고 기대어 선다. 유진은 모렐에게 살며시 다가가 소매를 잡아당긴다.)

마치뱅크스 (귓속말로) 관둬요, 목사님. 아무 말도 하지 말아요.

모렐 (그를 쳐다보는 것도 자존심 상한다는 듯이 유진을 밀쳐내며) 협박하는 건 아니길 바라요, 캔디다.

CANDIDA	[*with emphatic warning*] Take care, James. Eugene: I asked you to go. Are you going?
MORELL	[*putting his foot down*[23]] He shall not go. I wish him to remain.
MARCHBANKS	I'll go. I'll do whatever you want. [*He turns to the door*].
CANDIDA	Stop! [*He obeys*]. Didn't you hear James say he wished you to stay? James is master here. Don't you know that?
MARGHBANKS	[*flushing with a youug poet's rage against tyranny*] By what right is he master?
CANDIDA	[*quietly*] Tell him, James.
MORELL	[*taken aback*] My dear: I don't know of any right that makes me master. I assert no such right.
CANDIDA	[*with infinite reproach*] You don't know! Oh, James! James! [*To Eugene, musingly*] I wonder do you understand, Eugene! [*He shakes his head helplessly, not daring to look at her*]. No: you're too young. Well, I give you leave to stay: to stay and learn. [*She comes away from the hearth and places herself between them*]. Now, James! What's the matter? Come: tell me.
MARCHBANKS	[*whispering tremulously across to him*] Don't.
CANDIDA	Come. Out with it[24]!
MORELL	[*slowly*] I meant to prepare your mind carefully, Candida, so as to prevent misunderstanding.

---

23) put one's foot down: 발로 땅을 탁 구르다, 단호한 태도를 취하다, 단호히 반대하다
24) Out with it!: 다 말해버려, 말해라!

캔디다	(힘주어 경고하며) 조심해요, 제임스. 유진. 내가 자러가라고 했는데. 갈 거니?
모렐	(단호히 반대하며) 가선 안 돼. 쟤는 여기 있어야 해.
마치뱅크스	전 갈 거예요. 원하는 대로 할게요. (문으로 향한다.)
캔디다	멈춰! (그는 복종한다.) 이 양반이 널 여기 있으라고 말씀하시지 않았니? 이분이 이 집 주인이시다. 몰랐니?
마치뱅크스	(횡포에 대항해 젊은 시인으로서 분노하여 얼굴을 붉히며) 무슨 권리로 그분이 주인이란 거죠?
캔디다	(조용히) 말해주세요, 제임스.
모렐	(깜짝 놀라며) 여보. 난 주인이 될 어떤 권리도 모르겠소. 난 그런 어떤 권리도 주장하지 않아요.
캔디다	(무한히 비난하며) 모르신다고요? 오, 제임스! 제임스! (유진에게, 생각에 잠기어) 넌 아는지 모르겠다, 유진! (그는 무기력하게 고개를 가로 젓고, 감히 그녀를 쳐다보지도 못한다.) 모르겠지. 넌 아직 어리니까. 그럼, 머물도록 허락하마. 머물면서 배우도록 해라. (그녀는 벽난로를 떠나 둘 사이에 선다.) 자, 제임스! 무슨 일이죠? 자. 말해 봐요.
마치뱅크스	(떨면서 그에게 귓속말로) 말하지 마세요.
캔디다	자. 말해요!
모렐	(천천히) 당신이 혹시라도 오해할까봐 선뜻 말하지 못했소, 캔디다.

CANDIDA	Yes, dear: I am sure you did. But never mind: I shan't misunderstand.
MORELL	Well — er — [*He hesitates, unable to find the long explanation which he supposed to be available*].
CANDIDA	Well?
MORELL	[*blurting it out baldly*] Eugene declares that you are in love with him.
MARCHBANKS	[*frantically*] No, no, no, no, never. I did not, Mrs Morell: it's not true. I said I loved you. I said I understood you, and that he couldn't. And it was not after what passed there before the fire that I spoke: it was not, on my word[25]. It was this morning.
CANDIDA	[*enlightened*] This morning!
MARCHBANKS	Yes. [*He looks at her, pleading for credence, and then adds simply*]. That was what was the matter with my collar.
CANDIDA	Your collar? [*Suddenly taking in his meaning she turns to Morell, shocked*]. Oh, James: did you — [*She stops*]?
MORELL	[*ashamed*] You know, Candida, that I have a temper to struggle with. And he said [*shuddering*] that you despised me in your heart.
CANDIDA	[*turning quickly on Eugene*] Did you say that?
MARCHBANKS	[*terrified*] No.
CANDIDA	[*almost fiercely*] Then James has just told me a falsehood. Is that what you mean?

---

25) upon my word!: 확실히, 맹세코, 꼭

캔디다	네, 여보. 분명 그러셨겠죠. 하지만 염려마세요. 오해하지 않을 테니.
모렐	그러니까ㅡ에ㅡ(머뭇거린다. 그가 활용할 수 있으리라 생각하는 긴 설명을 찾을 수가 없다.)
캔디다	그러니까?
모렐	(거두절미하고 불쑥 내뱉듯이) 유진이 말하길 당신이 그[유진]를 사랑한다고 했다고 했소.
마치뱅크스	(극도로 흥분하여) 아녜요, 아녜요, 아녜요, 아녜요, 결코 아니라고요! 전 안 했어요, 사모님. 그건 사실이 아녜요. 제가 사모님을 사랑한다고 말했습니다. 전 사모님을 이해하지만 목사님은 사모님을 이해할 수 없다고 말했어요. 그리고 제가 한 그 말은 벽난로 앞에서 사모님께 시를 읽어드린 다음에 한 말이 아닙니다. 맹세코, 그렇지 않습니다. 그건 오늘 아침에 한 말이에요.
캔디다	(깨달은 듯) 오늘 아침에!
마치뱅크스	예. (그는 믿어달라고 애원하듯 그녀를 바라보면서, 그저 덧붙인다.) 그래서 아침에 제 칼라가 흐트러졌던 거라고요.
캔디다	네 칼라라고? (갑자기 그의 말의 의미를 깨닫고 충격을 받으며 모렐을 향한다.) 오, 제임스. 그러면 당신이ㅡ? (그녀는 말을 멈춘다.)
모렐	(부끄러워서) 캔디다, 알다시피 내가 고심을 할 만큼 했는데, 그런데 이 녀석이 (몸서리치면서) 당신이 마음속으로 날 경멸한다고 말하지 뭐요.
캔디다	(재빨리 유진을 향해) 네가 그런 말을 했니?
마치뱅크스	(겁먹고) 아뇨.
캔디다	(격렬할 정도로) 그럼 이 양반이 방금 내게 거짓말을 했다는 거구나. 그러니?

MARGHBANKS   No, no: I—I—[*desperately*] it was David's wife. And it wasn't at home: it was when she saw him dancing before all the people.

MORELL   [*taking the cue with a debater's adroitness*] Dancing before all the people, Candida; and thinking he was moving their hearts by his mission when they were only suffering from—Prossy's complaint. [*She is about to protest: he raises his hand to silence her*]. Don't try to look indignant, Candida—

CANDIDA   Try!

MORELL   [*continuing*] Eugene was right. As you told me a few hours after, he is always right. He said nothing that you did not say far better yourself. He is the poet, who sees everything; and I am the poor parson, who understands nothing.

CANDIDA   [*remorsefully*] Do you mind what is said by a foolish boy, because I said something like it in jest?

MORELL   That foolish boy can speak with the inspiration of a child and the cunning of a serpent. He has claimed that you belong lo him and not to me; and, rightly or wrongly, I have come to fear that it may be true. I will not go about[26] tortured with doubts and suspicions. I will not live with you and keep a secret from you. I will not suffer the intolerable degradation of jealousy.

---

26) go about something: 계속 —을 (바삐) 하다, —을 시작하다, —에 착수하다

마치뱅크스　아뇨, 아뇨. 전－전－(필사적으로) 그건 다윗 왕의 부인이 한 말이라고요. 그것도 그녀가 집안에서가 아니라 다윗 왕이 여러 사람들 앞에서 춤추는 걸 보고 한 말이에요.

모렐　(논객의 솜씨로 기회를 포착하여) 모든 사람들 앞에서 춤을 추었다는군, 캔디다. 사람들은 단지 프로 씨의 병[불만]을 앓고 있을 뿐인데, 다윗 왕은 그의 말로 사람들을 감동시킨 걸로 착각했다는 거요. (그녀가 항변하려고 한다. 그는 손을 들어 그녀를 침묵시킨다.) 화난 척하려고 하지 말아요, 캔디다－

캔디다　척한다고요?

모렐　(계속해서) 유진이 옳았어요. 몇 시간 뒤에 당신이 말했듯이 유진의 말은 항상 옳아요. 이 애가 한 말은 당신이 말한 것과 조금도 다르지 않았소. 이 애는 모든 것을 아는 시인이고, 난 아무것도 이해 못하는 가련한 목사에 불과하오.

캔디다　(깊이 뉘우치며) 당신은 이 철부지 어린애가 한 말과 비슷한 말을 내가 농담 삼아 했기 때문에 이 애의 말이 언짢으세요?

모렐　이 철부지 어린애는 어린이다운 영감과 뱀 같은 교활함으로 말할 수 있어요. 유진은 당신이 내가 아니라 저한테 속한다고 주장했소. 그리고 옳든 그르든, 난 그게 사실일지도 모른다는 두려움에 이르게 됐소. 난 그러한 의심과 의혹으로 인해 계속해서 괴로움을 겪지 않을 거요. 당신과 함께 살면서 당신에게 비밀을 간직하지 않겠소. 내 자신을 질투라는 견딜 수 없는 수모로 시달리게 하고 싶지도 않소.

We have agreed—he and I—that you shall choose between us now. I await your decision.

CANDIDA   [*slowly recoiling a step, her heart hardened by his rhetoric in spite of the sincere feeling behind it*] Oh! I am to choose am I? I suppose it is quite settled that I must belong to one or the other.

MORELL   [*firmly*] Quite. You must choose definitely.

MARCHBANKS   [*anxiously*] Morell: you don't understand. She means that she belongs to herself.

CANDIDA   [*turning to him*] I mean that, and a good deal more, Master Eugene, as you will both find out presently. And pray, my lords and masters, what have you to offer for my choice? I am up for auction, it seems. What do you bid, James?

MORELL   [*reproachfully*] Cand—[*He breaks down: his eyes and throat fill with tears: the orator becomes a wounded animal*]. I can't speak—

CANDIDA   [*impulsively going to him*] Ah, dearest—

MARCHBANKS   [*in wild alarm*] Stop: it's not fair. You mustn't shew her that you suffer, Morell. I am on the rack[27] too; but I am not crying.

MORELL   [*rallying all his forces*] Yes: you are right. It is not for pity that I am bidding. [*He disengages himself from[28] Candida*].

---

27) on the rack: 극도로 괴로워하다, 압박을 받다, 안절부절 못하다

28) disengage oneself from: —에서 떨어져 나오다

우리는-유진과 난-합의했소. 당신이 이제 우리 둘 사이에서 선택을 해야 한다고 말이오. 당신의 결정을 기다리겠소.

캔디다   (그의 말 이면에 담긴 진심 어린 감정에도 불구하고 그의 웅변적인 말투에 가슴이 경직되어 흠칫 놀라 물러서며) 오! 나보고 선택을 해야만 한다고요? 내가 둘 중 한 사람에게 속해야만 한다고 확정되었다는 거로군요.

모렐   (단호히) 그렇소. 분명히 선택해야만 하오.

마치뱅크스   (걱정스럽게) 목사님. 이해를 못하시는군요. 사모님 말씀은 자신은 자신에게 속한다는 거예요.

캔디다   (그를 향해) 그렇기도 하고, 그리고 곧 알게 되겠지만, 유진 나으리. 훨씬 그 이상을 뜻하기도 하지. 그리고 정말, 나의 주인님들, 나의 선택에 대해서 무엇을 내놓으실 건가요? 내가 경매에 붙여진 것 같은데, 얼마의 가격을 제시하렵니까, 제임스?

모렐   (비난하듯) 캔드-(그는 감정을 주체하지 못한다. 눈과 목에 울음이 가득하다. 이 웅변가는 상처 입은 짐승으로 화한다.) 난 말 못하겠어-

캔디다   (충동적으로 그에게 다가가며) 아, 여보-

마치뱅크스   (격렬하게 경고하며) 멈춰요. 이건 공평하지 못해요. 목사님이 사모님께 고통에 시달리는 것처럼 보여서는 안 되죠, 목사님. 저 또한 극도로 괴로워요. 하지만 전 울지 않아요.

모렐   (활기를 되찾으며) 맞아. 네가 옳다. 내가 제시할 게 연민이 아니지. (캔디다에게서 떨어진다.)

CANDIDA	[*retreating, chilled*] I beg your pardon, James: I did not mean to touch you. I am waiting to hear your bid.
MORELL	[*with proud humility*] I have nothing to offer you but my strength for your defence, my honesty for your surety, my ability and industry for your livelihood, and my authority and position for your dignity. That is all it becomes a man to offer to a woman.
CANDIDA	[*quite quietly*] And you, Eugene? What do you offer?
MARCHBANKS	My Weakness. My desolation. My heart's need.
CANDIDA	[*impressed*] That's a good bid, Eugene. Now I know how to make my choice.

She pauses and looks curiously from one to the other, as if weighing them. Morell, whose lofty confidence has changed into heartbreaking dread at Eugene's bid, loses all power of concealing his anxiety. Eugene, strung to the highest tension, does not move a muscle[29].

MORELL	[*in a suffocated voice: the appeal bursting from the depths of his anguish*] Candida!
MARCHBANKS	[*aside, in a flash of[30] contempt*] Coward!
CANDIDA	[*significantly*] I give myself to[31] the weaker of the two.

Eugene divines her meaning at once: his face whitens like steel in a furnace.

---

29) do not move a muscle: 꿈쩍도 않다, 눈 하나 깜짝 않다

30) in[like] a flash: 눈 깜짝할 새, 즉시, 즉석에서

31) give oneself to: 몸을 맡기다

캔디다   (물러서서 움츠리면서) 미안해요, 제임스. 만지려고 했던 게 아녜요. 무얼 제시할 건지 듣고 싶어요.

모렐   (자신감 있는 겸손함으로) 내가 당신에게 줄 수 있는 것은 오직 당신을 보호할 나의 힘과, 당신에게 확신을 주는 나의 정직성과, 생계를 책임질 나의 능력과 근면함, 그리고 당신의 품위를 지켜줄 나의 권위와 지위, 이것들밖엔 아무것도 없소. 그게 남자가 여자에게 줄 수 있는 전부요.

캔디다   (아주 조용히) 그럼 네 차례구나, 유진. 넌 무엇을 걸겠니?

마치뱅크스 제 연약함과 제 적막함과 제 마음의 욕구를 드리겠어요.

캔디다   (감명 받아) 아주 잘 걸었다, 유진. 이제 어떠한 선택을 해야 할지 알겠어요.

마치 그들을 저울질 하듯이 그녀는 멈추어서 호기심에서 둘을 번갈아 살핀다. 모렐은 유진의 제의로 고결한 자신감이 가슴이 터질 듯한 두려움으로 바뀌었고, 불안을 숨길 모든 힘을 잃는다. 유진은 극도로 긴장하여 꿈쩍도 않는다.

모렐   (숨 막히는 음성으로, 고뇌의 심연에서부터 터져 나오는 호소를 하듯) 캔디다!

마치뱅크스 (방백, 즉각적인 경멸로) 비겁자!

캔디다   (의미 있게) 난 두 사람 중에서 더 약한 사람을 선택하겠어요.

유진은 즉시 그녀의 의미를 알아채고 얼굴이 용광로의 쇠처럼 하얗게 된다.

MORELL	[*bowing his head*[32] *with the calm of collapse*] I accept your sentence, Candida.
CANDIDA	Do you understand, Eugene?
MARGHBANKS	Oh, I feel I'm lost. He cannot bear the burden[33].
MORELL	[*incredulously, raising his head and voice with comic abruptness*] Do you mean me, Candida?
CANDIDA	[*smiling a little*] Let us sit and talk comfortably over it like three friends. [*To Morell*] Sit down, dear. [*Morell, quite lost, takes the chair from the fireside: the children's chair*]. Bring me that chair, Eugene. [*She indicates the easy chair. He fetches it silently, even with something like cold strength, and places it next Morell, a little behind him. She sits down. He takes the visitor's chair himself, and sits, inscrutable. When they are all settled she begins, throwing a spell of quietness on them by her calm, sane, tender tone*]. You remember what you told me about yourself, Eugene: how nobody has cared for you since your old nurse died: how those clever fashionable sisters and successful brothers of yours were your mother's and father's pets: how miserable you were at Eton: how your father is trying to starve you into returning to Oxford: how you have had to live without comfort or welcome or refuge: always lonely, and nearly always disliked and misunderstood, poor boy!

---

32) bow one's head: 머리[고개]를 숙이다, 절하다 / 패배를 인정하다, 항복하다

33) bear the burden: 부담을 견디다, 고생을 참다, (마음의 짐을) 견디다

모렐 (차분한 마음으로 허탈해지면서 패배를 인정하고) 당신의 선고를 수용하겠소, 캔디다.

캔디다 이해하겠니, 유진?

마치뱅크스 오, 제가 졌어요. 목사님은 견뎌낼 수 없을 거예요.

모렐 (못 믿겠다는 듯이 고개를 쳐들고 목소리가 갑작스럽게 희극적으로 변하면서) 나를 선택한 거요, 캔디다?

캔디다 (약하게 미소 지으며) 우리 앉아서 세 친구들처럼 편안하게 그 얘길 해 봐요. (모렐에게) 앉아요, 여보. (모렐은 몹시 어떻게 할 줄 모르는 채, 벽난로 옆의 어린이용 의자를 가져다 앉는다.) 그 의자를 가져오렴, 유진. (그녀는 안락의자를 가리킨다. 유진은 조용히, 심지어 추측하기 어려운 힘으로 의자를 가져다 그것을 모렐 옆, 약간 뒤쪽에 놓는다. 그녀가 앉는다. 유진은 내방객용 의자를 가져다가 헤아리기 어려운 표정을 한 채 앉는다. 모두가 자리를 잡자 캔디다는 침착하고 분별 있고 부드러운 음조로 그들을 조용하게 매혹하면서, 대화를 시작한다.) 나에게 네 자신에 관해서 말한 기억이 나겠지, 유진? 늙은 유모가 죽은 이후로 아무도 널 보살피지 않았다는 얘기. 똑똑하고 유행을 따르는 너의 누이들과 성공한 형들이 부모님의 사랑을 독차지했다는 얘기. 이튼 고등학교 시절의 매우 처참했던 얘기. 아버지가 널 옥스퍼드로 돌려보내려고 굶기다시피 했다는 얘기. 안락이나 환영 또는 은신처도 없이 살아야만 했던 얘기. 항상 외롭게, 거의 항상 반감과 오해를 받았던, 가엾은 아이!

MARCHBANKS	[*faithful to the nobility of his lot*] I had my books. I had Nature. And at last I met you.
CANDIDA	Never mind that just at present[34]. Now I want you to look at this other boy here: my boy! Spoiled from his cradle. We go once a fortnight to see his parents. You should come with us, Eugene, to see the pictures of the hero of that household. James as a baby! The most wonderful of all babies. James holding his first school prize, won at the ripe age of eight! James as the captain of his eleven! James in his first frock coat! James under all sorts of glorious circumstances! You know how strong he is (I hope he didn't hurt you): how clever he is: how happy. [*With deepening gravity*] Ask James's mother and his three sisters what it cost to save James the trouble of doing anything but be strong and clever and happy. Ask me what it costs to be James's mother and three sisters and wife and mother to his children all in one. Ask Prossy and Maria how troublesome the house is even when we have no visitors to help us to slice the onions. Ask the tradesmen en who want to worry James and spoil his beautiful sermons who it is that puts them off. When there is money to give, he gives it: when there is money to refuse, I refuse it.

---

34) just at present: 바로 지금

마치뱅크스   (그의 고결한 운명에 충실하면서) 제게는 책이 있었어요. 자연이 있었고요. 그리고 마침내 사모님을 만났어요.

캔디다   당장은 지금 네 얘기는 그쯤 해두자. 이젠 난 네가 여기 다른 아이를 살펴보길 원한다. 우리 아기 말이야! 요람에서부터 응석받이로 자란 아이지. 우린 2주에 한 번 이 양반 부모님을 뵈러간단다. 너도 우리와 같이 가면 좋겠구나, 유진. 그 집안 영웅의 사진들을 보러 말이야. 갓난아이 시절의 제임스! 모든 갓난아이들 중에서 가장 경이로운 아이였지. 여덟 살 애늙은이가 최초로 학교에서 받은 상장을 들고 있는 사진! 열한 살 때 반장이 된 사진! 처음 프록코트를 걸친 사진! 온갖 영예로운 정황들을 담은 제임스의 사진들! 넌 이이가 엄청나게 힘이 센 걸 알고 있지. ([아침에] 이이가 널 다치게 하지 않았길 바란다.) 그리고 얼마나 영리하고 얼마나 행복한지를 말이야. (깊이 심각해지면서) 이 양반 어머니와 세 누나들한테 여쭤봐라. 오직 이 양반을 강하고 영리하고 행복하게 해주기 위해서 그분들이 얼마나 많은 고통도 마다하지 않으셨는지. 나에게도 물어봐 줘라. 내가 이 양반의 엄마와 세 누나들과 아내와 그리고 아이들의 엄마 노릇까지 한꺼번에 다하기 위해 어떠한 대가를 치렀는지. 프로 씨와 마리아에게도 물어보렴. 심지어 양파를 잘라줄 손님이 없을 때조차도 집안일을 하느라 얼마나 애 먹었는지. 방문판매원들에게도 물어보렴. 이 양반을 성가시게 하고 멋진 설교들을 쓰는 걸 방해하지 못하도록 하는 일을 누가 했는지. 돈을 줄 때가 있으면 이이가 주고, 돈을 거절할 때가 있으면 내가 거절한단다.

I build a castle of comfort and indulgence and love for him, and stand sentinel always to keep little vulgar cares out. I make him master here, though he does not know it, and could not tell you a moment ago how it came to be so. [*with sweet irony*] And when he thought I might go away with you, his only anxiety was—what should become of me! And to tempt me to stay he offered me [*leaning forward to stroke his hair caressingly at each phrase*] his strength for my defence! His industry for my livelihood! His dignity for my position! His— [*relenting*] ah, I am mixing up your beautiful cadences and spoiling them, am I not, darling? [*She lays her cheek fondly against his*].

MORELL   [*quite overcome, kneeling beside her chair and embracing her with boyish ingenuousness*] It's all true, every word. What I am you have made me with the labor of your hands and the love of your heart. You are my wife, my mother, my sisters: you are the sum of all loving care to me.

CANDIDA   [*in his arms, smiling, to Eugene*] Am I your mother and sister to you, Eugene?

MARCHBANKS [*rising with a fierce gesture of disgust*] Ah, never. Out, then, into the night with me!

CANDIDA   [*rising quickly*] You are not going like that, Eugene?

MARCHBANKS [*with the ring of a man's voice—no longer a boy's—in the words*] I know the hour when it strikes. I am impatient to do what must be done.

난 이 양반을 위해 안락과 관용과 사랑의 성을 만들고, 하찮고 저속한 근심거리들이 침범하지 못하도록 항상 보초를 선단다. 난 이이를 이 집의 주인으로 만들고 있는데도 이이는 그걸 알지도 못하고, 그리고 조금 전에는 네게 자기가 어떻게 주인이 되었는지도 모른다고 하잖니. (듣기 좋게 비꼬면서) 그리고 이이는 내가 너와 함께 가버릴지도 모른다는 생각이 들자, 내 걱정을 하고 있잖니! 그리고 날 붙잡기 위해서 이이는 내게 걸었지, (몸을 앞으로 구부려 각 구절마다 달래는 듯이 모렐의 머리를 쓰다듬으며) 나를 보호할 힘! 내 생계를 책임질 근면! 내 지위를 지켜줄 위엄! 또ㅡ(수그러들면서) 아, 내가 당신의 멋진 억양들을 뒤섞어서 망쳐놓았군요. 그렇지 않나요, 여보? (그녀는 애정 어리게 뺨을 그의 뺨에 갖다댄다.)

모렐   (아주 압도되어 그녀의 의자 옆에 무릎을 꿇고 소년같이 천진난만하게 그녀를 껴안으며) 한 마디 한 마디가, 다 옳소. 오늘의 나는 당신의 손길과 깊은 사랑의 노고로 만들어졌소. 당신은 내 아내이고 내 어머니이며 내 누나요. 나에 대한 모든 애정 어린 보살핌의 총체요.

캔디다   (그의 양팔에 안긴 채 미소 지으며 유진에게) 내가 너의 어머니와 누나가 될 수 있겠니, 유진?

마치뱅크스   (강한 혐오의 몸짓으로 일어서며) 아, 절대로요. 그러면 밤길로 나갈 거예요!

캔디다   (재빨리 일어나며) 그렇게 가려는 건 아니지, 유진?

마치뱅크스   (말에서 남자다운 목소리ㅡ더 이상 소년의 목소리가 아닌ㅡ의 울림으로) 전 때를 알아요. 전 지체 없이 해야 할 일을 하지요.

MORELL [*who has also risen*] Candida: don't let him do anything rash.

CANDIDA [*confidenty smiling at Eugene*] Oh, there is no fear. He has learnt to live without happiness.

MARCHBANKS I no longer desire happiness: life is nobler than that. Parson James: I give you my happiness with both hands: I love you because you have filled the heart of the woman I loved. Goodbye. [*He goes towards the door*].

CANDIDA One last word. [*He stops, but without turning to her. She goes to him*]. How old are you, Eugene?

MARCHBANKS As old as the world now. This morning I was eighteen.

CANDIDA Eighteen! Will you, for my sake, make a little poem out of the two sentences I am going to say to you? And will you promise to repeat it to yourself whenever you think of me?

MARCHBANKS [*without moving*] Say the sentences.

CANDIDA When I am thirty, she will be forty-five. When I am sixty, she will be seventy-five.

MARCHBANKS [*turning to her*] In a hundred years, we shall be the same age. But I have a better secret than that in my heart. Let me go now. The night outside grows impatient.

CANDIDA Goodbye. [*She takes his face in her hands; and as he divines her intention and falls on his knees, she kisses his forehead. Then he flies out into the night. She turns to Morell, holding out her arms to him*]. Ah, James!

They embrace. But they do not know the secret in the poet's heart.

모렐 (역시 일어서며) 캔디다. 쟤가 경솔한 행동을 못하게 하세요.

캔디다 (확신을 가지고 유진에게 미소 지으며) 오, 걱정할 것 없어요. 저 애는 행복 없이도 사는 법을 배웠어요.

마치뱅크스 전 이제 더 이상 행복을 열망하지 않아요. 인생은 그것보다 더 숭고한 거예요. 제임스 목사님. 두 손으로 목사님께 저의 행복을 바칩니다. 저는 목사님도 사랑합니다. 제가 사랑했던 분의 가슴을 벅차게 하셨으니까요. 안녕히 계세요. (문을 향해 간다.)

캔디다 마지막 한 마디를 부탁한다. (그는 멈추지만 그녀를 향해 고개를 돌리지는 않는다. 그녀가 유진에게 다가간다.) 너 지금 몇 살이지, 유진?

마치뱅크스 이 세상만큼 나이를 먹었지요. 오늘 아침에는 열여덟이었어요.

캔디다 열여덟! 나를 위해, 내가 네게 말하려고 하는 두 문장으로 짤막한 시 한 수 지어주겠니? 그리고 네가 내 생각이 날 때마다 그걸 너 자신에게 되풀이하여 읊어주겠다고 약속하겠니?

마치뱅크스 (꼼짝 않고) 문장을 말해주세요.

캔디다 내가 서른 살이면, 그분은 마흔 다섯. 내가 예순 살이면, 그분은 일흔 다섯.

마치뱅크스 (그녀에게 돌아서며) 백 년 뒤에, 우리는 똑같은 나이가 되리. 하지만 난 가슴 속에 그보다 더 나은 비밀을 간직하고 있다네. 이제 가볼게요. 밖에서 밤이 재촉하네요.

캔디다 잘 가거라. (캔디다는 두 손으로 유진의 얼굴을 감싼다. 그리고 그녀의 뜻을 알아차린 그는 무릎을 꿇고, 그녀는 유진의 이마에 키스한다. 그리고 그는 밤을 향해 뛰쳐나간다. 그녀는 모렐을 향해 돌아서서 두 팔을 내민다.) 아, 제임스!

그들은 포옹한다. 그러나 그들은 시인의 가슴 속 비밀을 알지 못한다.

옮긴이 **조용재**

– 문학박사

– 원광대학교 인문대학 영어영문학과 교수

– 한국영어영문학회, 한국셰익스피어학회, 현대영미드라마학회, 대한영어영문학회,
  한국드라마학회, 한국현대영어영문학회, 국제유진오닐학회, 세계셰익스피어학회
  임원 및 회원

– 저서:『드라마총론』,『영국희곡의 이해』,『미국희곡의 이해』,
  『영미문학과 동양정신』, *Drama*,『중급영어』

– 역서: 조지 버나드 쇼의『전쟁과 영웅』,『워렌부인의 직업』,『바람둥이』
  유진 오닐의『수평선 너머』,『유진 오닐의 단막극』

– 논문:「유진 오닐의 희곡에 나타난 소속추구의 양상 연구」,
  「오닐과 쇼의 작품에 나타난 '배후의 힘'과 '생명력'」,
  「오닐과 쇼의 작품에 나타난 여성의 역할」,
  「오닐 작품과 셰익스피어 작품(4대 비극)의 비교 연구」외 다수

캔디다 *CANDIDA*

초판 발행일 2018년 5월 28일
조지 버나드 쇼 **지음** ｜ 조용재 **옮김**

발행인 이성모
발행처 도서출판 동인 ｜ 서울특별시 종로구 혜화로3길 5, 118호
등 록 제1-1599호
TEL (02) 765-7145 / **FAX** (02) 765-7165
E-mail dongin60@chol.com
ISBN 978-89-5506-784-2
정가 13,000원

※ 잘못 만들어진 책은 바꾸어 드립니다.